신수의 주인

태선 판타지 장편소설

ORIGINAL FANTASY STORY & ADVENTURE

dream
books
드림북스

신수의 주인 1

초판 1쇄 발행 2017년 2월 6일
초판 2쇄 발행 2017년 12월 27일

지은이 태선
발행인 오영배
기획 박성인
책임편집 김규영
일러스트 EMJE
제작 조하늬

펴낸곳 (주)삼양출판사 · 드림북스
주소 서울시 강북구 도봉로 173
대표 전화 02-980-2112 **팩스** 02-983-0660
편집부 전화 02-980-2116 **팩스** 02-983-8201
블로그 blog.naver.com/dreambookss
출판등록 1999년 3월 11일 제9-00046호.

ⓒ 태선, 2016

ISBN 979-11-313-0661-1 (04810) / 979-11-313-0660-4 (세트)

드림북스는 (주)삼양출판사의 판타지 · 무협 문학 브랜드입니다.

ORIGINAL FANTASY STORY & ADVENTURE

태선 판타지 장편소설

신수의 주인 ₁

dream
books
드림북스

목 차

◈◈◈◈◈◈◈◈◈◈◈◈◈◈◈◈◈◈◈◈◈◈◈◈◈◈◈◈◈

Prologue

응, 그래. 가 볼 생각이야.

약속은 약속이지. 드래곤의 맹약은 존재를 건 도박.

나는 그녀를 신부로 맞을 셈이라네.

영광으로 알길.

비록 유희라고 하나 미천한 인간을 존귀한 존재가 신부로 맞이하게 되었으니.

왜 웃는 거지? 이해할 수 없군.

자네 딸이잖나.

각오를 단단히 하라니 무슨 소리인지 모르겠군. 영원에 가까운 삶 동안 나를 거부한 자는 단 한 번도 본 적이 없다네.

인간의 모습으로? 상관없네. 비밀은 지킬 셈이네.

검? 그녀에게서 검을 빼앗으라는 건가.

아비인 자네가 왜 그런 말을 하는 거지?

아아, 예언.

시시한 이야기지.

Chapter 1
흑룡의 신부

1.

이름 없는 신이시여, 들으소서.
나는 밤을 감시하는 검이니,
세계가 가고 혼돈이 오고 마침내 일어날 황혼을
감시하오리다.

나와 내 등불은……
별의, 별의, 어머니가 쏟아내는 황혼을 지킬 것이
오며,

나는 황혼을 지키는 파수꾼이 되리니,
내게 올 재액들은 모두 오롯이 내 것이오며,
내가 흘릴 업보들도 모두 나의 것이오.

지금부터 내 피는 나의 것이 아니고, 내 살점 역
시 나의 것이 아니매,
내 심장은 그대의 것이고, 내 연민 역시 그대를
위한 것이로다.
이름 없는 신이시여,
맹세를 들으소서.

2.

눈빛 도기 잔에 술을 가득 채웠다. 오래된 고목나무에는
새하얀 꽃이 피어났다. 나무 표면에는 이끼와 버섯이 피어
있었다.

거대하지만 그만큼 기괴하기도 했다. 마치 아주 오래 살
아 허리가 휘어진 노인을 보는 것 같았다. 그럼에도 나무는
매년 이맘때쯤에는 새하얀 꽃을 피웠다.

어릴 적에는 꽃을 따다가 입으로 꿀을 빨곤 했다. 달큼한

맛이 배어났는데 어른들은 늘 이것으로 술을 담가 마시곤 했다.

숨을 크게 몰아쉰다. 가슴 가득 향기가 밀려온다. 맹세의 말을 마치고 손가락 끝을 긋는다. 새빨간 피가 방울방울 꽃잎이 되어 떨어진다.

피가 섞인 술을 한 잔 들이킨다. 처음으로 마시는 술이었다. 혓바닥에 쓰고 뜨거운 감각이 밀려온다. 눈물 맺힌 얼굴로 술잔을 내려놓았다.

파수꾼의 맹세는 이것으로 끝났다.

뒤쪽에서 내 이름을 부르는 소리가 들렸다.

"카이!"

어머니였다. 어머니가 계단 아래쪽에서부터 달려왔다.

"무슨 짓이냐! 여자의 몸으로 더스크 워커의 맹세라니."

"이걸로 됐어요. 어머니."

"이름 없는 신의 것이 되면 넌 결혼을 할 수도 없고, 아이를 낳지도 못해! 평생 세상을 지키다가 죽어 갈 거다. 네 아버지가 괜히 결혼 후에 널 낳고 나서야 맹세를 한 줄 아니?"

"그게 우리 가문의 숙업이니까요. 아버지도 그러다 죽었잖아요."

짝!

뜨거운 것이 뺨을 스쳐 지나간다. 어머니의 입술이 분노로 덜덜 떨린다. 아아, 대체 얼마나 화가 나신 걸까, 우리 엄마는.

"그는 죽지 않았어. 그러니 네 맹세도 이루어지지 않아. 황혼을 지킬 용사는 한 세대에 한 명뿐."

그러나 나는 멈출 수도 쉴 수도 없다. 그게 내 업이니까. 목이 아프다. 갈라지는 목소리를 흔들어 억지로 토해 냈다.

"그러기에… 그러기에 처음부터 검을 쥐는 걸 허락하지 그러셨습니까."

"넌 여자애다. 언젠가 후손을 낳을 몸이야. 카녹이나 네 아들이 다음 더스크 워커가 될 수는 있겠지."

"저는요?"

"이름 없는 신께 여아는 필요 없다."

"그딴 몸 버리겠습니다."

"카이 알테리온!"

"이름 없는 신은 용사를 고르죠. 알고 있어요. 우리 집안은 대대로 세상을 지켜왔다는 거. 그래서 뭘 얻었죠? 손톱만 한 영지? 하지만 아무도 알아주지 않잖아요. 내가 하겠다고요! 그런 힘든 일, 위험한 걸 내가 하겠다고요!"

"카이, 넌 결혼하기가 싫은 것뿐이잖아."

정곡이다. 처음부터 정의의 용사가 될 마음 같은 건 없었다. 흥미도 없었고. 그저 결혼을 피하고 싶을 뿐이었다.

"넌 여자아이다! 그게 세상의 순리야!"

성난 목소리가 울려 퍼진다. 어머니의 히스테릭한 목소리가 가슴을 할퀸다. 알고 있었다. 지금 내가 하려는 짓은 분명히 잘못된 짓이었다.

여인은 온유하고 정숙해야 하며 욕심이 없는 존재여야 했다. 그러나 꿈과 야망과 욕심이 같은 뜻이라면, 그 얼마나 인형 같은 삶일까.

바람이 불었다. 내 금색 머리칼이 흩날리며 불꽃처럼 타오르는 게 느껴졌다.

"글쎄요. 언젠가 신이 사람을 지배하지 않고, 사람들이 밭을 일구지 않아도 살 수 있는 시대가 온다면 가능할 수도 있겠네요."

"그런 시대는 오지 않는다. 너는 늘 상상력이 지나쳐. 그러니 여자아이가 그렇게 칼에 집착하지. 칼은 사내의 영역이야. 아무리 네가 칼을 만들고, 휘두르는 데 재능이 있어도 헛짓이다."

나는 어머니께 악의를 담아 뱉었다.

"사내를 위해 살아야 하는 게 아녀자의 숙명이라면, 아버지가 물려주신 그딴 이름, 버리고 싶네요."

다시 등을 돌린다. 일부러 힘주어 계단을 쿵쿵 내려갔다.

등 뒤로 어머니의 호통이 쩌렁쩌렁하게 울렸다. 그러나 신경 쓰지 않았다. 아무려면 어떤가. 나는 내 길을 갈 뿐인 것을.

3.

과거 잊혀진 신과 가문의 선조는 계약을 맺었다. 매 대에 한 명씩, 더스크 워커라는 세상을 지키는 수호자를 임명하기로.

처음 이 계약을 맺었을 때 선조들은 산을 넘어 이쪽 대륙에 정착했다.

아주 오래전 이야기.

이제는 알테리온 산맥이라고 부르는 거대한 산맥을 등에 지고 매 대마다 한 명씩 감시자의 맹세를 했다. 그 대가로 알테리온가 사람에게는 신의 피가 흘렀다.

'나도 멧돼지를 여섯 살 때 잡았지. 오빠랑 같이, 단검 하나로.'

인간을 뛰어넘는 반사 신경과 힘을 갖게 된다. 그리고 열둘이 되면 맨손으로 오우거의 목을 비틀었다.

그 대가로 자손 중의 하나는 반드시 이름 없는 신께 맹세하고 모든 것을 헌신했다.

이 숙업은 가주만이 알고 있으며, 때가 됐을 때 선대 가주가 다음 대 가주에게 비밀을 전했다.

'사실 내가 이걸 알게 된 것도 순전히 우연이었어.'

현재 가주이신 아버지가 오랫동안 행방불명이셔서 허락도 없이 멋대로 더스크 워커의 의식을 치렀다.

'그래도 아버지, 살아 계시는 모양이네.'

맹세를 했는데도 내가 더스크 워커가 되지 않은 건 전대 더스크 워커가 살아 있다는 뜻이니까.

시원한 나무껍질이 기분 좋다.

그렇게 나무에 등을 기대고는 한참이나 하늘을 바라보았다. 어머니의 성난 외침이 끝날 줄을 모른다.

'하아.'

결국 나는 가볍게 발을 굴러 나뭇가지를 붙잡는다. 그러고는 몸의 탄력을 이용해 나무 위로 훌쩍 뛰어 올라갔다.

내 몸이 나뭇잎 사이로 빨려 들어갔다. 여기는 나 혼자만의 작은 숲이었다. 이 공간이라면 아무리 어머니라도 찾아내지 못하리라.

바람이 밀려왔다. 나뭇잎이 부딪치며 모래가 떨어지는 소리를 냈다. 이파리 사이사이 빛이 별처럼 내렸다. 왠지 눈물이 나왔다.

"그렇게 결혼하기가 싫어?"

오빠의 목소리에 깜짝 놀라 아래를 내려다보았다. 차가운 손길이 내 뒷목에 닿았다.

"흐악!"

너무 놀라서 반사적으로 주먹을 날렸다. 그러나 이래 보여도 알테리온가의 여식이 날린 정권이다. 무(武)에 대한 재능은 쌍둥이 오빠 못지않다. 어지간한 몬스터는 머리가 날아간다. 오빠는 검을 조금 뽑아 검면으로 주먹을 받는다. 나는 최대한 충격을 완화시킬 요량에 손바닥으로, 그것도 손바닥 오목한 면으로 검면을 두드린다.

투웅—

강철 검이 부러질 것처럼 휘어진다. 그러나 충격을 나뭇가지에 옮겼다가는 둘 다 추락이다. 오빠는 등으로 나무 그자체에 충격을 전가시킨다. 나무 전체가 울린다. 그러나 부러지지는 않았다. 내가 말했다.

"놀랐잖습니까. 숙녀의 뒷목을 건드리다뇨."

"하하하, 성질 불같은 건 여전하구나."

"아니거든요?"

불같은 성격은 무슨! 이건 정당방위라고. 불쑥 나타나서 차가운 손으로 뒷목을 쿡 찌르면 누구라도 놀라는 게 당연하잖아?

괜히 속이 상해 볼을 부풀린다. 내 옆에는 나와 똑같은 이목구비의 오빠가 앉아 있다. 기이하게도 오빠와 내 외모는 거의 비슷했는데, 같은 이목구비라도 오빠는 상당한 미남이다. 그것도 동네 아가씨들 말로는 오빠 웃는 것만 봐도 배가 불러온다고 할 정도다.

"넌 내 쌍둥이 여동생 아니니. 내가 모를 것 같아?"

"됐습니다."

나는 고개를 픽 돌린다. 내 행동에 오빠가 또 한참을 웃는다. 오빠가 내 어깨에 팔을 둘렀다. 오빠의 큰 팔이 나를 편안하게 감싼다.

"그렇게 결혼하기가 싫어?"

"카녹 오빠, 저는 검을 만들고 싶어요."

"그래그래. 나도 잘 알지. 너는 칼에 미쳤으니까."

오빠 카녹, 동생 카이. 카녹은 오래된 언어로 '부수는 자'라는 뜻이다. 카이는 '찢는 자'라는 뜻. 아버지가 무슨 생각으로 이렇게 이름을 지었는지 모르겠지만, 특이한 이름이라는 소리 참 많이 들었다. 나는 오빠에게 슬쩍 속내를 내보였다.

"여자가 검을 만드는 건 재수가 없다고 하잖습니까."

"여자가 강해도 재수가 사납다고 하지."

"……압니다."

오빠가 머리칼을 매만진다. 봄바람이 불었다. 오빠의 머리칼이 금빛으로 부풀었다. 마치 잘 익은 밀밭 같았다. 나는 오빠의 머리칼에 얼굴을 파묻고 싶은 충동을 억눌렀다.

오빠도 곧 나처럼 혼인 상대를 찾을까?

오빠도 아마 정숙한 아내를 원하겠지?

언제나 집에 있으면서 자신을 위해 아이를 낳고 집안일을 해 줄 그런 여자. 아니나 다를까, 오빠 입에서 나온 것도 그런 말이었다.

"카이, 내 동생아. 넌 여자다. 곧 있으면 웨딩드레스를 입고 머잖아 태어날 네 아이를 위해 뜨개질을 해야 할 몸이야. 칼이나 만들고, 주먹질이나 하라고 태어난 게 아니야."

"……오빠."

"그게 처지라는 게다. 네 처지를 아는 것도 중요하지 않겠니? 여자인 네가 아무리 검을 만들어도 그걸 누가 써 주겠니. 거기다가 네 힘을 알고 어느 남자가 너와 혼인하려 하겠어."

"아버지가 그랬어요. 언젠가 신이 인간을 지배하지 않고, 사람이 밭을 일구지 않는 시대가 온다면 모든 게 달라질 거라고."

"그 말을 정말로 믿는 건 아니지? 네가 너무 강하면 네 혼사도……."

울컥, 목 밑에서 뜨거운 게 밀려왔다. 나는 그것을 억지로 내리누르며 오빠에게 되물었다.

"자기보다 강한 여자는 싫으니까?"

"자고로 여인네는 부드럽고 순종적인 게 미덕이다."

나는 더 이상 오빠의 말을 들을 수가 없었다. 이 말을 계속 듣고 있다가는 정말로 미칠 것 같았기 때문이었다.

아이를 갖는 나라니. 검을 버리고, 뜨개질을 하는 나라니. 그게 과연 나 자신이라고 말할 수 있을까?

'어차피 알고 있어.'

내 안의 또 다른 내가 속삭였다.

'어차피 이해해 줄 사람이 없다는 것도 알고 있어.'

그래. 그랬다. 그게 삶이었다. 이런 시대를 살아가는 내게 주어진 운명이었다.

결국 나는 바닥에 내려왔다. 그러고는 주먹으로 나무를 힘껏 후려친다. 발바닥으로 진각을 밟자 기운이 발목, 무릎을 타고 올라가 하단전과 상단전 경력을 지난다.

손바닥 안쪽 단단하고 부드러운 곳으로 나무를 후려친다.

투우웅—!

손바닥 안쪽으로 충격을 밀어 넣는다. 기묘한 쾌감이 밀려왔다. 나무 전체가 흔들린다. 나무 표면에는 흠집 하나 없었다. 그러나 이윽고 나무 안쪽에서부터 부서지기 시작했다. 내가 봐도 썩 절묘한 통배권이었다.

거대한 아름드리나무가 내 일격에 우르르 무너지자 가솔들이 비명을 지른다. 카녹은 나무를 피해 뛰어내린다.

"하여간 성격 하고는."

"……"

이게 내가 오빠와 어머니에게 할 수 있는 유일한 대답이다.

오빠는 내 등 뒤에 대고 힘껏 외쳤다.

"네가 뭐라고 하든 약혼자는 이미 와 있어! 칼이라도 들고 가서 협박한다고 해도 안 통할걸? 무지무지 강한 자식으로 데려왔다고!"

알고 있다. 오늘은 내 맞선 날. 아니, 맞선이라고 읽고 강제 혼인이라고 쓰는 그런 날이다. 나는 오빠를 향해 가운데 손가락을 날렸다.

"대체 여자가 그런 저속한 손가락질은 어디에서 배운 거야!?"

이거? 오빠에게 배웠다.

4.

카이의 어머니, 베지스 알테리온은 진땀을 빼고 있었다.

눈앞에는 아르노크 공작 각하께서 세 시간째 기다리고 있는데, 장차 신붓감이 될 녀석은 수호자의 맹약이나 하고 있었다.

'아카넬 아르노크.'

아르노크 가문의 가주이자 대륙에 7명밖에 없는 소드 마스터.

소드 마스터란 검의 궁극에 다다른 이로, 마력을 검에 보내 자유롭게 사용할 수 있는 경지를 뜻한다.

사람 안에는 누구나 마력이 존재하지만 그걸 검에 보내는 건 지극히 어렵다.

처음 검에 마력을 보낼 수 있는 경지가 되면 소드 유저, 검기가 아지랑이처럼 끼어 있기 시작하면 소드 익스퍼트라고 부른다. 그리고 검기를 뚜렷하게, 자유롭게 사용할 수 있는 이를 소드 마스터라고 부른다.

이 경지에 이르면 혼자 힘으로 천 명을 벨 수 있다.

자신의 아들놈이자 카이의 쌍둥이 오빠인 카녹 알테리온이 소드 마스터 초입의 경지에 다다랐는데 아르노크 공작은 벌써 소드 마스터 중급, 즉 혼자서 2,000명의 목을 벨 수 있는 경지에 다다랐다.

현재 행방불명된 자신의 남편 정도가 유일하게 그를 상대할 수 있으리라.

아르노크 공작은 천천히 홍차를 들이켰다. 공작이라는 작위도 새삼스럽다.

황권이 약화된 이후 제국은 계속해서 분열 중이었다.

제후들의 힘은 나날이 강해져 가고 스스로 왕을 자처하며 군림하는 자들이 허다했다.

과거 아스트레아 대제 이후 황권은 수없이 긴 세월 동안 쇠퇴하고 또 쇠퇴해 갔다.

제국을 아스트레아 대제의 사망 이전과 이후로 나누는 게 그 때문이다.

찬란했던 시절을 선으로 그어 사람들은 '구 제국'이라고 부른다. 구 제국은 이제 없다고, 멸망했다고.

그는 생각했다.

'지금의 황권은 그때의 손톱만도 못 하게 되었지.'

스스로 왕이라 자처하며 봉기하는 제후들을 상대로 변변한 군사조차 보내지 못할 정도로. 심지어 왕국이라 인정해 주겠다고 칙령을 내릴 정도로.

고작 3살밖에 되지 않은 어린 황자가 즉위한 이후 이 현상은 더욱 극심해지기 시작했다.

아르노크는 이런 상황에도 왕 대신 공작이라는 호칭을 유지하길 원했다.

제국이 쇠퇴하기 시작한 지 그렇게 수없이 오랜 세월이 지났어도 그의 광대한 영지는 이미 왕국 몇 개를 합친 것보다 넓었다.

그는 신흥 왕국과 적대하지도, 약해진 황권을 무시하지도 않았다. 늘 완벽한 중립을 유지해 왔다.

사람들은 존경을 담아 그를 '대공'이라고 부른다.

그런 대공을 베지스는 가만히 바라보았다.

새카만 머리칼에 면도날처럼 날카로운 눈매가 인상적인 사내였다.

'이자가 그이가 정한 카이의 정혼자.'

만약 블랙 다이아몬드로 사람을 만든다면 이런 모습일 것만 같았다. 그는 빛을 삼키고 어둠을 반사했다.

누구라도 그 앞에 서면 웃기가 쉽지 않았다. 자신의 어두운 면을 마주 봐야 했으니까. 그런 사내였다.

누구라도 그의 곁에 있으면 절로 서늘한 기분이 들었다. 그 차가움은 어두운 지하 감옥의 감촉과 닮았다.

"죄송합니다. 딸아이가 준비하느라 시간이 걸리네요."

"괜찮네. 드래곤의 시간은 무한하니."

그랬다. 아르노크, 아카넬 아르노크 공작에겐 비밀이 있었다. 바로 그가 4,000년을 산 드래곤이라는 것.

보통 드래곤과는 달리 용신, 또는 아크 드래곤이라고도 부르는 이 종족은 인간이 보기에는 거의 영원을 살아간다.

말 한 마디로 산 하나를 통째로 날리고 신과 가까운 권능을 부리는 이들은 가끔씩 인간의 모습으로 유희를 나서기도 하는데, 그때는 인간과 똑같은 삶을 살아간다.

블랙 드래곤 아크란.

그게 이 아르노크 대공의 진짜 정체였다.

"애초부터 네 지아비와 약속했던 혼인 아니었던가. 드래곤은 약속을 지키는 종족이다."

인간과 드래곤의 결혼이라니.

모친, 베지스는 벌써부터 머리가 아파 왔다. 물론 카이의 성격을 봐서 보통 남성과 결혼하는 건 꿈도 못 꿀 일이긴 했다. 그러나 드래곤이라니, 상대가 지나치게 존귀한 존재가 아닌가.

'대체 그이는 어디에서 뭐 하고 다니는 건지.'

가주 카나스 알테리온이 행방불명되고 벌써 몇 번의 봄을 맞이해야 했는지 모른다.

용사의 가문에 시집온 이상 남편의 긴 부재 정도는 이미 각오하고 있었지만, 속 끓는 건 어쩔 수가 없다. 그리고 나서 아르노크 공작가에서 혼인 이야기가 오고, 덩달아 당사자가 불쑥 찾아와서는 자기는 드래곤이고 남편인 카나스와의 약속이라며 딸을 시집보내라고 한다.

"아, 혼인이라면 괜찮다. 어차피 드래곤이라는 사실은 숨길 거고, 그녀가 살아 있는 동안은 평범한 인간족 신랑의 모습으로 살아 줄 터이니. 그대에겐 그대 지아비와의 약속이 있어 미리 밝혔던 것이네만, 신부에게는 비밀로 하도록."

그런 문제가 아닐 텐데……?

그렇게 한 시간이 또 지나갔다. 역시나 그년은 오지 않을 모양이다. 두들겨 패서라도 끌고 와야 하나 고민하고 있는데 누군가가 문을 벌컥 차고 들어온다.

카이였다.

그녀는 새하얀 웨딩드레스를 입고 다른 한 손에는 칼을 들고 들어왔다. 그러고는 다짜고짜 아카넬 공작을 향해 검을 찔러 넣는다.

그러나 상대는 소드 마스터. 아카넬 공작은 기다렸다는 듯 검을 뽑아 들어 그녀의 검격을 막는다.

카앙!

검과 검이 부딪치며 굉음이 울린다. 둘의 검이 팽팽하게 맞물린다.

그그극—

그녀가 말했다.

"죄송합니다. 혼인 건은 물러 주십시오."

남자가 대답했다.

"웨딩드레스에 검이라? 좋군."

"제가 미친 여자란 생각은 들지 않던가요?"

"별로."

그의 말이 끝나기가 무섭게 그녀가 바닥을 쿵 굴렀다. 마력이 담긴 진각이다. 진동이 그녀의 발을 타고 울린다. 테이블이 허공으로 떠오른다. 동시에 나무 바닥이 그녀의 힘을 이기지 못하고 무너졌다.

아카넬은 당황하지 않고 검을 뗀다. 그녀의 공격이 밀려온다. 코 하나 차이로 허리를 비틀어 공격을 피하고는 미래에 장모님이 되실 베지스 여사를 끌어안고 착지한다.

베지스 여사가 소리 지른다.

"이 이기적인 년! 장차 네 지아비 될 분께 이게 무슨 짓거리야?"

히스테릭한 욕설이 쏟아진다. 어머니는 아버지가 여행을 떠난다고 나가신 이후로 계속해서 신경질적으로만 변해 갔다.

물론 여인으로 성장하면서 가슴이 나오고 월경이 시작함에 따라 성숙한 한 사람의 아녀자가 되어야 할 자신의 딸이

마냥 엇나가는 게 주요 스트레스 원인이겠지만.

카이는 그를 향해 검 끝을 내밀었다.

자고로 아녀자는 온유하고 아름다우며 남편에게 순종적인 것이 제일의 덕목 아니던가. 보통 사내라면 그녀의 일격에 정이 떨어질 법했다.

아니, 부디 정이 떨어지라고 카이 알테리온은 마음속으로 간절하게 기도를 했다.

그녀는 순종적인 보통의 여인네처럼 그를 위해 속눈썹을 내리깔지 않았다. 오히려 정면으로 그를 직시했다.

"그 미래에 지아비 되시려는 분께 그만두시라고 경고해 드리는 겁니다."

"호오?"

아카넬 공작은 눈을 들어 똑같이 카이를 마주 본다.

그녀가 말했다.

"저와 대련을 하도록 하죠. 제가 이긴다면 혼약은 없었던 것으로 해 주시겠습니까?"

차분하고 정중한 목소리다. 그러나 아카넬 공작은 그녀의 내면에서 불꽃을 읽는다. 그가 말했다.

"내 어찌 아녀자를 상대로 검을 뽑겠소."

그녀는 화를 내지도 소리를 지르지도 않았다. 오히려 예상했다는 듯 그의 턱 바로 아래로 검을 밀어 넣는다.

"한 사람의 기사로서 상대해 주십시오."

검 끝이 턱을 긁으며 피가 툭툭 흘러내린다. 어머니가 외쳤다.

"그래, 차라리 잘됐구나! 너도 한번 혼쭐이 나 봐야 정신을 차리지. 만약 저분에게 지게 되면 네년은 평생 검을 들고 싸움질하는 날이 오지 않을 것이야. 약조해라."

지게 되면 혼인은 물론이거니와 검마저 버리게 된다. 검은 그녀를 그녀로 있게 할 수 있는 유일한 출구였다. 검이 없는 삶 따위 상상하기도 두려웠다.

그녀의 청빛 눈동자가 일순 두려움으로 부풀어 오른다. 그러나 소리를 지르지도 화를 내지도 않는다. 그저 내면으로 삼킬 뿐.

"하겠습니다, 어머니. 내기하도록 하죠. 그 대신 제가 이긴다면 앞으로 평생 혼담은 없는 것으로 해야 할 겁니다."

어머니가 불안했는지 홀로 팔짱을 낀다.

"네년은 언제나 이기적이었어. 내가 무슨 죄를 지어서 널 낳았는지, 원. 가문 망신 좀 작작 시켜라, 이것아."

"어머니."

이윽고 고민하던 그녀의 허락이 떨어진다.

"좋다. 너 좋을 대로 하려무나."

지게 되면 모든 것을 잃는다. 카이, 카이 알테리온은 아랫입술을 씹었다. 힘이 너무 들어간 걸까? 피가 배어난다.
그러나 고통을 느낄 정신 같은 건 없었다. 손이 땀에 젖어
칼자루가 미끌미끌하다.

이윽고 남자가 말했다.

"미래의 장모님께서 그리 말씀하신다면, 나 역시 따라야
겠군. 맹약 결투는 단순한 대련이 아니야. 기사도에 의거한
정식 결투다. 그래도 좋은가? 카이 알테리온 경."

기사로 대해 달라 하자 그는 진짜로 영애라는 호칭 대신
기사의 존칭을 붙였다.

검의 신이 가호하는 신성한 결투. 각자의 존엄성을 걸고
하는 승부다. 원래라면 정식 기사만이 가능하지 여성은 할
수 없다. 그는 그것을 불쑥 꺼내 들이밀었다.

이 남자는 어딘가 이상하다. 좋지 않은 의미로.

그녀가 검을 치운다.

"나가죠."

5.

나는 숨을 몰아쉬었다. 얕은 숨은 실수를 만든다. 나는
깊게, 가슴으로 숨을 삼켜 낸다.

연무장, 푸른 잔디밭 위에 그와 내가 서 있다. 지면 검을 쓸 수도 없고, 자유롭게 살아가는 것도 불가능하다.

눈앞에 있는 이 사내는 무슨 생각인지 내 성격을 빤히 깨달았으면서도—심지어 한 가문의 여주인으로는 전혀 어울리지 않는다는 걸 알면서도— 혼인을 포기할 생각을 하지 않는다.

"저희 아버님과의 약속 때문에 혼인을 원하시는 거라고 하던데요."

"그렇소만?"

꽤 반반한 얼굴의 사내다. 그는 적포돗빛 눈을 들어 나를 바라보았다. 신기한 눈빛이었다. 그의 눈동자가 빛에 따라 수면처럼 흔들렸다. 그럼에도 불구하고 표정에는 변함이 없었다. 얼굴에도 웃음기가 없었다. 마치 웃음 근육 자체가 없는 사람 같았다.

'신기한 사람이네.'

나는 작게 그를 비웃었다.

잘 보니 남자가 들고 있는 검도 평범한 검이 아니었다. 지팡이 검이라고 부르는, 지팡이 안에 넣고 다니는 검이다.

위급할 때야 쓸 수 있겠다만 저런 약한 검으로 빗발치는 내 검격을 이겨 낼 수 있을 리 만무했다. 내 솜씨로는 아마 세 번 정도만 휘둘러도 날이 상할 거고, 잘 비틀어 치면 부러뜨리는 것도 가능하다.

'내가 취미로 호신술을 배운 정도라고 생각하는 건가. 보통 무가의 여식들처럼.'

눈앞에 있는 이 남자의 속을 알 길이 없었다. 그러나 지금은 내 인생의 기로가 아닌가. 괜한 자존심을 내세울 생각은 전혀 없었다.

'그래도 꽤나 아름다운 검이네.'

손잡이 부분은 묵색 나무를 이용해 만들었는데 흑룡이 똬리를 트는 모양으로 양각했다. 거기다가 칼날에는 나무덩굴 문양이 박혀 있어서 빛을 비출 때마다 지면에 다양한 그림을 만들었다. 아마 직접 들어서 확인해 봐야 알겠지만 검의 무게 중심부터 피를 빼는 혈조, 거기다가 용이 꿈틀거리는 모습도 손잡이 그립감을 염두에 두고 깎아 놓은 걸로 보인다.

보통 장인의 솜씨가 아니다.

이래 보여도 내 꿈이 바로 저런 검을 만드는 대장장이인데, 눈앞에 있는 평생의 목표와도 같은 칼을 내가 부숴야 한다고 생각하니 마음이 무거워졌다.

그와 나는 서로를 마주 보며 한 걸음씩 옆으로 걸었다.

"먼저 공격하시지요. 공작 각하."

흡사 무도회에서 왈츠를 추는 커플 같았다. 심장 밖으로 긴장감이 경쾌하게 튀어 오른다. 내 장단에 그가 대답한다.

"레이디 퍼스트라고 하지 않나. 첫 일검은 그대에게 양보하지."

아무래도 단단히 얕보인 모양이다. 나는 진각을 밟고는 단숨에 그의 품으로 뛰어들었다. 어머니의 신경질적인 비명 소리가 들린다.

살검(殺劍)!

나는 그를 죽일 셈이었다.

진검 대련이다. 내가 봐줄 수 있는 상대도 아니거니와 이길 수 있을지조차 자신이 없다. 그렇기에 망설임이 남아서는 안 됐다. 내 작은 체구가 남자의 가슴께로 단숨에 거리를 좁힌다. 남자의 체온이 뺨에 느껴진다.

'죽인다.'

내 안의 또 다른 내가 흉포하게 울었다. 검 끝이 그의 목 아래 가장 부드러운 곳을 아래에서 위로 베어 올린다.

탕!

너무나도 쉽게 검격이 막힌다. 손목이 저렸다. 남자의 검에는 화려함이라고는 전혀 없었다. 어찌 보면 검을 처음 배우는 것처럼 보이기까지 했다. 그만큼 검로가 단순했다. 그러나 힘만큼은 압도적으로 그가 우위. 시큰거리는 손목을 억지로 다잡는다. 그러고는 허리를 비틀어 검로를 바꾼다.

내 머리카락이 봄바람을 맞은 커튼처럼 핑그르르 돈다. 이어서 남자의 힘을 옆으로 흘리며 미끄러져 들어간다. 남자의 검을 타고 안으로 미끄러진다!

"이거 참."

그쪽이나 이쪽이나 검과 검이 얽힌 .이상 거리를 좁힌다고 해도 칼을 빼는 건 무리. 그러나 검이 안 된다면 주먹. 오랫동안 오빠와 함께 맨손을 단련해 온 나다.

수백 년을 산 거목도 부러뜨릴 수 있는데 폭신한 사람의 허리 정도 수수깡처럼 뜯어 버릴 수 있다!

나는 바닥으로 진각을 밟고는 경력을 몸에서 한 바퀴 돌린다.

알테리온가의 선조들은 동방에서 왔다. 그들이 남긴 권무는 고스란히 피를 타고 흐르고 있었다.

진각을 시작으로 연계 공격에 들어간다. 우선 왼발. 그의 발목 관절을 부술 목적으로 날린다. 어디까지나 상대의 움직임을 막는 데 목적이 있는 견제기지만 제대로 맞으면 반신불수다.

남자는 구두 밑창으로 내 무릎을 밟아 막는다.

그리고 두 번째 진각. 나는 일부러 검을 부드럽게 놓친다. 검이 내 등 아래로 흘러내린다. 팽팽했던 힘이 풀리자 남자의 균형이 흐트러져 일순 앞으로 휘청인다. 그 틈에 공격이 막바지에 다다른다.

손바닥 가장 부드러운 곳이 남자의 명치에 충격을 밀어 넣는다. 이 거리라면 제대로 들어갔다. 승리의 전율이 손목부터 어깨를 타고 밀려온다.

알테리온 진격 권법, 극음파쇄장!

파아아앙!

남자의 몸이 날아간다. 충격은 내장을 뒤흔들고 허파를 찢는다. 칠공에서 피를 흘릴 게 분명했다. 내가 생각해도 매서운 손속이다. 그러나 여기서 멈출 수는 없었다.

상대는 소드 마스터.

쌍둥이 오빠인 카녹과 비슷한, 어쩌면 그 이상의 경지다.

나는 땅에 꽂힌 내 검을 뽑아 든다. 검은 나의 송곳니, 내가 직접 제련한 칼날이 살기에 번뜩였다. 이 칼을 위해 나는 여자임을 포기했다. 제아무리 소드 마스터라도 목은 고작 한 뼘이다. 지가 인간인 이상 거기에서 반 뼘만 검이 들어가도 죽는다. 날아가는 그의 몸에 무작정 엉겨 붙는다. 위에서 아래로 힘껏 내리긋는다.

알테리온 검법 카이식(式) 소닉 블레이드!

진공의 칼날이 살인적으로 날아간다. 남자는 검을 들어 칼날을 막아낸다. 보통 사람은 눈 깜짝할 찰나의 속도.

1타, 2타, 3타, 4타 연거푸 공격을 날린다. 그러나 남자는 내 검격을 튕겨 낸다. 마침내 남자의 몸이 바닥에 착지한다.

그 정도의 공격이라면 내장 조각이라도 토할 줄 알았건만 지친 기색 하나 보이지 않는다.

'어떻게 막은 거지?'

동요해서는 안 된다. 여기서 공세를 멈추면 그나마 얻었던 승기마저도 물거품이 되고 만다. 그가 건 건 고작 결혼이었지만 내가 건 것은 '일생'이다. 이 세상에서 가장 무겁고 가장 치명적인 것을 걸었기에 나는 바닥에 칼날을 힘껏 구부린다.

연검.

가볍고 잘 휘어지는 검. 극한까지 얇게 만든 검. 내 송곳니가 불편한 소리를 낸다.

이 검이 한 줌의 철광석이었을 때부터 나는 끊임없이 망치질을 했다.

나는 언제나 화염을 바라보며 속삭였다.

어른들은 절대로 그 불을 봐서는 안 된다고 그랬다. 눈이 멀고 만다고, 수많은 대장장이들이 그 불 앞에서 검은자위가 하얗게 변해 갔다고 했다. 그러나 나는 속삭이는 것을 멈추지 않았다. 눈을 잃어도 좋았다. 그 이상을 줘도 상관없었다.

내게 힘을 달라고. 부드러우며 강하고, 날카로운, 그렇기에 치명적인 힘을 내게 달라고.

이 얇은 손목과 하얀 팔보다 강인한 무언가를 내놓으라고. 그렇기에 철은 내게 응답했다. 내 망치질 속에서 철은 녹아내려 갔다. 내 송곳니, 누구보다 강한 내 송곳니.

내 검은 평범한 철로 만들었다. 오히려 보통 대장간에서 쓰는 철보다도 순도가 낮았다. 그러나 그것은 내게 응답했다. 탄성은 물론이거니와 연성 역시 보통 장인들이 만드는 연검의 수준을 뛰어넘었다.

마침내 한계까지 휘어진 검이 튕겨 나간다. 그 반동으로 검격은 한계 속도를 아득히 뛰어 넘는다.

카앙!

'막았어?!'

지금 것은 회심의 일격이었다. 검과 검이 맞닿는다. 남자의 몸이 내게 얽힌다. 내 귓불을 타고 그의 목소리가 깊은 곳까지 파고들었다.

"아름다운 검격이었네. 과연 내 친우가 아끼는 여식답구려. 그대의 진심을 봐서 나 역시 진심을 담아 검으로 답해 주겠네."

남자의 머리칼이 부풀어 오른다. 불길한 느낌이 밀려온다. 나는 검을 떼고 그와 거리를 벌린다. 상대는 소드 마스터, 이제는 나도 알고 있다. 그가 들고 있는 지팡이 검이 보통의 검과 다르다는 것 정도는.

'일곱 자루.'

그래. 보통의 지팡이 검이라면 지금쯤 일곱 자루째 부러졌을 거다. 그러나 저 검은 날이 상하지도 않았다.

거기다가 이제는 저 남자가 진짜 실력을 보여 주겠다 하지 않았나. 방심을 통해 얻어 낸 모처럼의 기회도 날린 셈이다.

'차라리 다음 일격에 승부를 보는 편이……'

상대는 소드 마스터다. 시간이 지날수록 체력적으로 불리해지는 건 이쪽. 여자의 몸이 이렇게 저주스러운 적이 없었다.

벌써 날이 어두워지기 시작했다. 산 위쪽에서 바람이 밀려온다. 혀 안쪽에서 축축한 맛이 났다. 나는 숨을 깊게 들이켠다. 내 몸, 모든 비밀의 문을 열어젖힌다.

내 능력, 철의 소리를 들을 수 있는 내 능력. 별로 보여 주고 싶지도 않고, 사람을 향해 쓰고 싶지도 않았지만 삶이란 늘 그렇듯 어쩔 수 없었다.

'무너질 순 없어……. 일생을… 걸었으니까.'

망막에 빛이 어린다. 검을 늘어뜨리고는 손가락으로 검 손잡이를 두드린다. 충격이 손잡이를 타고 칼날로 향한다.

연검이 작게 진동하기 시작한다. 그 모습을 보던 카녹 오빠가 작게 혀를 찼다.

그게 무슨 뜻인지 오빠도 나도 알고 있었다.

나는 보통 여인네들과는 달랐다. 아니, 보통의 남정네들과도 달랐다. 나는 철의 소리를 들을 줄 알았다. 어느 철이든지 내 손에 쥐여 주면 내 장난감이 되곤 했다. 철의 강도, 연성, 무게 중심을 본능적으로 파악할 줄 알았다. 심지어는 합금의 양과 분포마저도 본능적으로 깨달았다.

어느 대장장이가 나를 보고 한탄했다.

'사내로서는 최고의 재능이나 여인네가 만든 검
을 사 주는 사람이 있을 턱이 없구나.'

한마디로 재수가 없기 때문이다. 칼잡이들은 뱃사람과 닮은 데가 있어서 오래 살아남은 이들일수록 더욱 미신을 믿었다.

어느 대장간이든 여자를 들여보내는 일이 없었다. 심지어 길 가던 아낙이 물을 길러 와도 문 앞에서 100미터 밖에 물동이만 내려놓고 가라고 시켰다.

검을 만드는 도중에는 여인과 말을 섞어서도, 눈을 마주쳐서도 안 됐다. 남자가 불과 생을 상징한다면 여자는 바다

와 죽음을 상징했다.

언젠가 오게 될 마지막 날, 아름다운 사신이 그들의 몸을 붙잡아 죽음으로 끌고 내려갈 거라고 믿었다. 말하지 않아도 알고 있었다. 그런 세계에 그런 시대다.

누구도 내 검을 쓰는 자가 없었다. 나 자신 외에는 쓰는 사람이 없는 이런 검 따위 팔릴 리도 없었다.

심지어 한날한시에 태어난 오빠조차도 내 검을 쓰지 않으니까.

어머니는 내 나이 8세 때, 내가 대장간에서 첫 장작을 올리는 것을 보고 진노해서 이틀 동안 밥을 굶겼다.

오빠는 날 동정할 뿐이다. 누구도 날 이해할 수는 없었다. 알고 있다. 나는 고독했다.

지금 내가 하려는 것은 몸에 크게 부담이 가는 기술. 예전에 한번 연습 삼아 사용해 놓고 일주일 내내 오른팔을 쓰질 못했다.

톡톡.

내 손가락이 두드릴 때마다 연검은 더욱 빠른 속도로 진동하기 시작했다. 기이했다. 분명히 지금 나는 허점투성이다. 그럼에도 불구하고 남자는 나를 공격하지 않고 있다. 현명한 선택이다. 남자는 본능적으로 깨달은 거다.

지금의 '나' 는 위험하다고.

검 끝의 진동은 점점 더 강해져 간다. 그리고 빨라지기 시작했다. 마침내 육안으로 검이 보이지 않을 정도에 다다른다.

"기다려 주실 줄은 몰랐는데 말이죠."

"꽤나 기대가 되는군. 과연 내 신부가 어떤 묘기를 보여 줄지."

신부. 뻔한 도발이다. 알고는 있다. 그러나 그 말을 들을 때마다 개미가 피부 위를 기어가는 것 같은 감촉을 맛본다.

어차피 검으로 화답하면 될 일. 나는 이 미남자가 패배하게 되면 어떤 표정을 지을지 상상한다.

마침내 첫발을 내딛는다.

내 몸이 잔상을 그리며 사라진다. 역시나 남자가 검으로 날 막으려고 한다. 훌륭한 검격, 거기다가 속도까지 황송할 지경이다. 그러나 그 순간, 나는 속도에 페인트를 주고는 운동 방향을 바꿔 몸을 띄운다. 그가 검격을 날린다. 나는 '가볍게' 검으로 막는다.

카앙!

기이하게도 검을 막았을 뿐인데 여태껏 끄떡도 없었던 지팡이 검에 처음으로 균열이 생긴다. 아카넬 공작이 말했다.

"아, 그런 거군."

설마 벌써 원리를 깨달은 건가? 단 한 번 내 검을 맞댔을 뿐인데? 사실이라면 그는 천재가 맞다.

나는 불안감을 억누른다. 어차피 원리를 안다고 해도 막을 방법 따윈 없다는 걸 아니까.

비결은 초진동 마찰에 있다. 검기로 아무리 칼날을 보호한다고 해도 이런 공격이라면 의미가 없다. 나는 웃었다. 이길 수 있었다. 자신도 있었다. 이어서 다음 초식으로 넘어가려는 순간, 아카넬 공작의 몸이 사라진다.

"어……?"

그러고는 바로 등 뒤에서 그의 목소리가 울렸다.

"아쉽게 되었군. 검이 더 좋았다면 더 빠른 일격이 가능했을 것을."

퍼억!

뒷목에 수도가 날아온다. 단 일격, 그 충격에 허리가 꺾였다. 아프다는 감각보다 뜨거운 것이 뒷목을 파고드는 기분이다. 어둠이 밀려온다. 시야가, 시야가 돌아오지 않는다.

'안 돼……. 정신을… 차려야……!'

그럼에도 나는 허망하게도 의식을 잃었다. 그것은 나, 카이 알테리온이 쌓아 왔던 모든 것을 잃었다는 뜻이기도 했다.

'아니야. 이렇게 끝낼 수는 없어.'

그의 크고 단단한 손이 내 허리를 강하게 붙잡는 게 느껴졌다. 뜨거운 체온이 마치 달군 사슬과도 같았다.

'뭘 하려는……?'

의식이 멀어진다.

Chapter 2

검은 남자는 무례하다

1.

그녀의 몸이 볏짚처럼 쓰러진다. 아카넬 공작은 한 손으로 그녀를 받아 든다. 가벼웠다. 이토록 작은 여인이 그 정도의 기백을 낼 수 있다는 건가.

그는 드래곤이고 인간은 상상할 수 없는 아득한 시간을 건너왔다. 인간이 농경 사회를 시작한 이후 줄곧 세상은 수컷의 것이었다. 당연했다.

대지는 광활하고 인간은 살기 위해 매일 밭을 일구어야 했으니까. 신관은 진짜로 기적을 일으켰고, 평민들은 영주

가 명령하면 쟁기를 버리고 흙밭을 달려 누군가의 머리통
을 으깨야 했으니까.

　'언젠가 인간이 신에게 지배당하지 않고, 사람이
　밭을 일구지 않아도 살 수 있는 날이 온다면 달라질
　수도 있겠지.'

　그의 친우가 했던 말이다. 그러나 누구도 그 말을 믿지
않는다. 눈앞의 한 소녀를 제외하고는.
　긴 역사 동안 강한 여인이 없었던 건 아니었다. 그는 과
거 천년여제를 본 적 있었고, 천군을 지배하는 여장군을 관
찰하기도 했다. 그러나 이런 여인은 본 일이 없었다.
　'드래곤의 힘을 끌어낼 수밖에 없었다.'
　한순간 생명의 위협마저 느꼈다. 그는 처음으로 자신의
규칙을 어기고 인간이 아닌 드래곤 본연의 힘을 꺼냈다.
　마법사의 주문도 필요 없이 의지만으로 공간과 공간을 넘
는 힘. 그것을 사람들은 경의를 담아 '용언'이라고 불렀다.
　'다치게 하지 않고 끝낼 자신이 없었다.'
　엄연히 말하면 이건 반칙이다. 대련을 요청했으니 드래
곤으로서의 자신이 아닌 인간으로서의 자신의 힘만 보여
주면 되는 일이었다. 그러나 그녀가 다칠 생각을 하니 어쩐

지 가슴 한편이 술렁였다.

머리카락 한 올, 손톱 하나까지 아까웠다. 그 상태 그대로 붙잡고 싶다는 욕망이 그를 지배했다.

아카넬은 이 감정에 대한 정의를 내리지 못했다.

카녹이 성큼 다가왔다.

"제 여동생을 넘겨주시죠."

"싫다."

저도 모르게 거절해 버렸다. 혼인하기도 전 아닌가. 당연히 그녀의 오라비에게 간호를 맡겨야 하는데, 어째서? 스스로도 답이 나오지 않았다. 카녹의 눈썹이 작게 흔들린다. 아카넬 공작은 그녀를 놓지 않았다. 카녹이 살기를 일으킨다. 그러나 이 남자, 얼굴은 웃고 있었다.

괴이했다. 불같았던 그녀와는 정반대의 성격이다.

"하하, 나 이거 참. 제가 치료하겠습니다. 돌려주십시오."

"거절한다."

저도 모르게 답해 버리고는 다시 입을 닫는다. 왜 이런 대답을 내뱉은 걸까. 자신은 영겁을 산 드래곤 아닌가. 고작 인간 계집을 두고 고집을 부리는 건가.

본인이 생각해도 황망했다. 스스로에게 되물어 봐도 도저히 이성적인 대답이 나오질 않는다.

카녹이 검 손잡이에 손을 가져다 댄다. 금방이라도 벨 것 같은 팽팽한 긴장감이 이어진다. 그럼에도 이 남자는 여전히 웃고 있었다. 쌍둥이 동생을 향한 애정이 살의가 되어 새어 나오고 있음에도 카녹은 웃었다.

금빛 머리칼을 살기로 부풀리며.

"하하, 대공 각하께서는 벌써부터 제 누이의 신랑 노릇을 하려 하시는 겁니까?"

"어차피 그리될 일 아닌가."

여기서 그가 칼을 뽑으면 막을 수 있을까? 상대는 같은 소드 마스터 아닌가. 용의 힘을 쓰지 않고 막아 내는 게 가능할까? 아카넬은 전투를 준비한다.

그때 그녀의 어머니가 둘 사이를 가로막는다.

"이게 무슨 짓이냐, 카녹 알테리온! 대공, 이 아이는 침대로 옮기겠습니다. 함께 가시지요."

카녹이 혀를 찬다. 그러나 검을 거두지도, 그 특유의 웃음을 거두지도 않았다.

"이걸로 끝났다 생각하지 마시지요, 대공."

등 뒤로 그의 칼날이 스며드는 것 같았다. 그러나 아카넬은 멈추지 않았다. 물론 마음속에 자리 잡고 있는 수많은 의문들도 멈추지 않았다.

2.

어릴 적 꿈을 꾸었다.

지금보다 작았던 나는 일어나자마자 침대가 축축한 것을 깨달았다. 오줌을 지렸다는 걸 깨달았는데, 얼마나 무서웠는지 모른다. 이불을 들고 저택 밖으로 뛰어나갔다. 어머니가 알게 되면 하루 내내 밥을 굶어야 했다.

가솔들도 아직 자고 있을 아주 이른 아침.

나는 우물에서 바가지를 끌어올렸다. 그러나 밧줄이 당겨지지 않았다. 도르래가 고장이라도 난 건가. 조급한 마음에 도르래를 두드린다. 철과 철이 부딪치며 소리를 냈다.

원인을 깨닫자마자 양손으로 도르래를 녹이기 시작했다. 그때 어디선가 목소리가 들렸다.

'도르래 사이에 얼음이 낀 건 어떻게 알았지?'

처음에는 어린아이라고 생각했다. 작고 통통한 어린아이. 그러나 그것이 점차 다가오자 어린아이가 아닌 신수라는 걸 깨달았다. 사람만 마법을 쓸 수 있는 게 아니다.

드물게 동물도 마력을 사용할 수 있는데, 그런 동물을 통틀어 신수라고 부른다.

드래곤이라든가 사방신 같은, 전설에나 나오는 신수들의 경우 요령 좋게 인간의 모습으로 변할 수 있지만 하위급 신수들은 어린아이 크기 정도로 변하는 게 전부였다.

거기다가 눈앞에 있는 이 작은 신수는 자신이 신수라는 걸 숨길 생각조차 없는지 얼굴이 인간보다는 동물에 가까웠다.

곰, 그것도 두 발로 걷는 아주 작은 곰의 모습이었다.

나는 겁을 먹기는커녕 시큰둥하게 대꾸했다.

'그냥 소리 들어 보면 알잖아요.'

'푸하하, 재미있구나. 인간 중에 쇠 소리를 들을 줄 아는 아이가 있다니.'

외형은 앙증맞았으나 목소리에서는 자못 연륜이 배어났다. 신수는 겉보기만으로 판단해서는 안 됐다. 내가 물었다.

'아저씨께서는 누구세요?'

그가 말했다.

'네 아버지 친구. 꼬마야, 난 한동안 이곳에 머물 생각인데 내 공방에 놀러 오겠니?'

나는 뺨을 부풀리며 고개만 주억거렸다.

나중에 알게 되었지만, 그들은 이른바 달빛 모루 일족이라고 불리는 신수들이었다. 달빛 곰족이라고도 부르는데, 전투를 할 때 변하는 모습이 반달곰과 꼭 닮았기 때문이었다.

인간의 모습으로 변해도 얼굴에 곰의 흔적이 남아 있는

게 이 일족의 특징이라고 한다. 금속으로 무기와 방어구를 만드는 게 생업인 신수인데, 그 솜씨가 전설의 대장장이 못지않았다.

그들은 전설의 금속인 달빛 은철을 찾으러 대륙을 횡단하고 있다고 했다. 달빛 은철은 어둠 속에서도 달처럼 빛난다는 금속으로, 그걸로 검을 만들면 숨 쉬듯 대지를 가를 수 있다 했고 방어구를 만들면 용의 불꽃에서도 주인을 지킨다고 했다. 그것의 무게는 깃털처럼 가볍다고 했다.

언젠가 달빛 은철 광맥을 발견하면 그곳에 자신만의 왕국을 건설하겠다고 장담했다.

'인간 꼬맹이, 망치 쥘 줄은 아냐?'

'엄마가 여자는 그런 거 쥐면 안 된다고 했어요.'

'헹! 하여간 인간 놈들 법규란. 그건 비리비리한 고양이 놈들도 안 하는 짓이란다. 죽음은 여자를 피해 간다든? 가난도 여자를 피해 가?'

당시 나는 이자들이 무슨 말을 하는지 이해할 수 없었다. 다만 그들이 하는 일이 꽤 재미있어 보인다는 사실 하나만은 알 것 같았다.

'쥐어 봐라. 꼬맹이 네가 정말로 철의 소리를 듣는 아이라면 쥘 수 있을 거다.'

한 손에 다 쥐어지지 않을 것처럼 거대한 망치였다. 철의 소리란 말에 대장간에 있던 모든 달빛 모루족들이 모여들었다.

'인간족이 철의 소리를 듣는다고?'

'에이, 형님. 그게 말이 됩니까? 우리 달빛 곰도 왕이나 갖고 있는 재능 아닙니까?'

어린아이지만 아저씨의 목소리를 한 사람들이었다. 그들이 성큼성큼 다가오자 나는 왠지 겁이 났다.

'철의 소리를 들을 줄 알면 우리는 그놈을 왕으로 추대한단다, 꼬맹아. 철의 소리를 들으면 어떤 철이든 장난감처럼 다룰 수 있고, 또 어떤 광맥이든 단숨에 발견할 수 있거든.'

나는 쪼그라드는 목소리로 '아무 소리 안 들리는데요…….'라고 말하는 게 내 전부였다. 그러나 이 일족들은 요지부동이었다.

'한번 들어 보기라도 해라, 꼬맹아. 만약 들 수 있다면 너 오줌 싼 거, 너희 어머니에게 안 이를게.'

치사하다. 그 말은 만약 못 든다면 어머니한테 전부 이르겠다는 뜻 아닌가. 나는 뺨을 가볍게 부풀려 불만을 표시했다.

눈앞에 있는 건 그야말로 새카만 망치. 어른이라도 양손으로 겨우 한 번 휘두를 수 있을 정도로 무거워 보였다.

나는 고작 감귤만 한 손으로 망치를 쥐었다. 그러자 망치가 낮은 울음을 토한다.

기이이잉—

망치는 가벼웠다. 이상했다. 분명히 무거워 보였는데, 다른 달빛 곰들은 이 망치를 두 손으로 겨우 들었는데, 그런데 나한테는 너무나도 쉽게 들렸다.

달빛 모루족들이 놀란 눈으로 나를 바라본다.

'무겁지 않니?'

'네.'

'뜨겁지 않아?'

그러고 보니 이자들은 장갑을 끼고 만졌던 것 같았다. 나는 솔직하게 고개를 저었다.

'안 뜨거워요.'

가장 큰 투구를 쓴 달빛 모루족이 내게 한쪽 무릎을 꿇어 예를 갖추었다.

'강철의 왕이시여.'

그 뒤로 모든 일족들이 내 발 아래에 무릎을 꺾는다. 달빛 모루 일족은 긴 여행 끝에 드디어 왕을 찾았다. 그러나 그건 어디까지나 작디작은 인간 소녀.

나는 무서워져서 결국 울음을 터뜨렸다. 그래, 이것은 나만이 할 수 있는 일. 자수도 뜨개질도 서툴다 혼이 나던 소녀가 드디어 숨구멍을 찾았다.

철은 뜨겁고 강렬하며 단단하다. 용광로 속에서 철은 끊임없이 속삭였다.

그 맑은 울음을 들으며 나는 너희들을 곧 밖으로 빼내주겠다고, 누구보다 단단한 송곳니가 되게 해주겠다고 약속했다.

그날, 알테리온 영지에 첫눈이 내려앉았다.

3.

카이의 손가락이 작게 움찔거린다. 무슨 꿈을 꾸고 있는 건가. 아카넬 아르노크 공작은 그런 그녀의 옆모습을 찬찬히 살펴보았다.

방 안에는 단둘뿐. 카이의 모친은 잠시 물을 끓여 오겠다며 나가고는 돌아오질 않는다. 그래도 명색이 귀족가인데 시종들이 있지 않던가. 물을 끓인다는 말은 핑계일 뿐 기실은 두 사람이 오랫동안 함께 있길 바라는 마음일 거다.

그녀의 마음을 조금이라도 돌리기 위해서.

아크 드래곤으로서 그는 오랫동안 인간의 삶을 지켜봐왔다. 요정으로 변해 보기도 했고, 대지의 종족들과 함께하기도 했다. 하급 신수로도 살아 본 적이 있었고, 한 나라의 왕인 적도 있었다. 물론 용신이라 불리며 동방에서 신으로 대접받은 일도 있었다.

'생각보다 가볍군.'

아카넬은 손등으로 그녀의 뺨을 쓸었다. 뽀얗고 보드라운 것이 영락없는 계집아이의 뺨이다.

그녀에게서는 백합 향기가 났다. 겉으로는 청초하고 처연해 보이지만 그 향기는 방을 가득 채우고 때로 사람을 질식시키기도 한다. 그런 강한 향기를 갖고 있는 꽃.

'방금 그 기술… 보통 인간이 할 수 있는 기술이 아니다.'

무기를 초주파로 진동시켜 적의 무기를 분쇄하는 기술이다. 극소수의 신수, 그것도 철의 소리를 들을 수 있는 소수의 일족만이 가능했다. 그걸 이런 가는 팔로 사용한단 말인가.

조금만 힘을 줘도 부러질 것 같은 손목으로?

그녀를 보고 있으면 이상한 기분이 들곤 했다. 고작 인간이다. 친우와 했던 약속대로 그녀를 자신의 아내로 맞아들이고 평범한 인간 남편으로서 행동하려 했다.

늘 그렇듯 적당히 즐기다 사라지는 드래곤의 유희다. 놀이에 몰입이야 하겠지만 그 이상을 넘어선 짓은 할 리가 없었다. 자식도 볼 생각이 없고.

그러나 어쩐지 그녀에게는 자꾸만 그 이상의 것을 바라게 된다.

이 기분이 무엇인지 아카넬도 알 길이 없었다. 그의 손이 뺨에서 벗어나 그녀의 입술을 문질렀다.

'참으로 부드러운 입이야. 도저히 그런 앙칼진 소리를 할 입으로는 보이지 않거늘…….'

그녀의 체향이 짙어진다. 왠지 이대로 코를 박고 향을 맡고 싶다는 충동마저 들었다. 가지고 싶었다. 단순히 육체뿐이 아니라 이 여인의 영혼을 갖고 싶었다.

그는 존귀한 존재였다. 남자든 여자든 인간이든 요정이든 신수든 무엇이든 원하면 가졌다. 그건 그저 말 한마디면 이루어졌다.

아카넬은 저도 모르게 그녀의 입술에 자신의 입술을 가져다 댄다.

입술과 입술이 겹친다. 쓰러진 레이디에게 할 짓이 아니었다. 그러나 떼고 싶지 않았다. 이대로 입 안에 그녀를 삼키고 싶었다. 달콤한 향기가 더욱 강해져 갔다. 이윽고 그는 입술을 뗀다.

실수했다는 것을 깨닫기도 잠시, 얼굴이 확 붉어온다. 자신이 인간 계집이 자는 사이에 키스를 했다는 건가?

용신이자 아크 드래곤, 높은 어둠의 메아리라 불리는 블랙 드래곤 아크란이?

마치 한낱 불한당처럼?

남자는 저도 모르게 물러났다. 이 여인은 요망했다. 자신에 대한 분노가 여인에게 옮겨 갔다. 이 요사스러운 여인이 자신을 유혹한 게 틀림없었다. 어쩌면 매혹 마법 같은 게 걸려 있는지도 몰랐다.

'그건 불가능해.'

알고 있었다. 그는 존귀한 자이고, 사술을 썼다면 그가 그걸 모를 리가 없었다. 그럼에도 머릿속이 뜨거운 열로 가득 찼다.

'아카넬, 아니 블랙 드래곤 아크란, 너는 고지식
해. 드래곤일 때도 고지식하고, 엘프였을 때도 고지
식하고, 심지어 인간으로 변신했을 때도 고지식해.
냉소적인 말로 가리고 있지만 그렇다고 그 딱딱한
면이 사라지는 것도 아니야. 그러고 사는 거 지루하
지도 않아?'

어째서일까. 그녀의 아비이자 그의 친우가 했던 말이 떠올랐다.

그녀와 나누었던 입술이 따끔거린다. 전기라도 흐르는

것 같았다.

아카넬 공작, 아니 드래곤 아크란은 몸을 벌떡 일으켰다.

말도 안 된다. 이건 정상이 아니다. 존귀한 존재인 자신이 자는 틈에 몰래 입을 맞추다니. 심지어 그녀에게 들킬까 심장까지 뛰었다.

마치 천박한 도둑처럼.

'웃기는 소리.'

이건 실수다. 뭔가 잘못된 게 틀림없다.

그는 성큼성큼 밖으로 걸어 나갔다.

쾅!

문이 크게 닫힌다. 집이라도 무너질 것처럼.

4.

꿈에서 현실로 밀려나간다. 꿈을 붙잡고 싶었지만, 바닷물처럼 손가락 사이로 빠져나간다. 현실의 해변에서 침대 시트를 뺨으로 느낀다.

애플파이 냄새가 났다. 바닥이 탈 정도로 오븐에 푹 구워 콧속을 끈적끈적하게 채우는 농밀한 향기.

눈을 뜨니 눈물이 귓속으로 파고들어 가고 있었다. 행복한 꿈이었다. 그때는 아버지께서 계셨고, 모든 것이 잘 돌아가고 있었다.

어머니는 그때도 엄격했지만 그래도 지금과 같지는 않았다. 그때는 내가 아직 '여자'가 아니었을 때였고, 모든 것이 어린아이의 호기심으로 통하던 시절.

처음으로 대장간 풀무에 불을 올렸을 때가 기억났다. 풀무를 밟자 바람이 훅 부풀어 올랐다. 새빨간 불꽃은 바람을 삼키고는 다시 새파랗게 피어났다.

그 모습이 봄철 제비꽃 같아 신나게 풀무를 밟았던 기억이 났다. 그때 그 일족들이 내게 이런 말을 했다.

'가마 안을 너무 오랫동안 보면 안 돼.'
'왜죠?'
'사람이 너무 밝은 빛을 보게 되면 으레 눈이 머는 법이거든.'

눈물이 다시 툭 떨어져 내렸다. 방금 꿨던 꿈은 결코 악몽은 아니었다. 오히려 그 반대였다. 너무 행복했기에, 이제는 너무 반짝여서 두 번 다시는 맛볼 수 없는 별사탕이었다.

그날 이후, 나는 너무나도 밝은 소망에 결국 눈이 멀었고 여기까지 왔다. 물론 그때의 용광로 불이 내 시력을 빼앗아간

것은 아니었다. 그러나 더 소중한 것을 내게서 가져갔다.

타협이었다. 그 빛을 본 이후로 나는 두 번 다시 현실과는 타협할 수가 없게 되었다.

'그게 운명이라면……?'

달빛 아래로 날 선 단도가 하얗게 번졌다.

나는 소매로 슥슥 눈가를 닦았다. 그러고는 커튼을 힘껏 젖혔다. 방 안은 새벽빛으로 가득 찼다. 푸른 공기 위로 먼지가 모래처럼 떠올랐다.

내가 만든 무기들이 벽에 걸려 있었다. 어머니는 내가 마을 대장간에서 무기를 사 온다고 생각했지만 사실이 아니었다. 물론 마을 대장간에 가는 건 사실이었다. 그러나 불을 올리는 건 언제나 나였고, 쇠를 달구고 두드리는 것도 늘 나였다.

벽에는 어제 입었던 웨딩드레스가 걸려 있었다.

원래는 어머니 것이었다. 내가 물려 입기로 한 것이었다. 그러나 이제는 얼룩지고 찢어져서 도저히 행복한 신부가 입을 만한 옷으로는 보이지 않는다. 왠지 나와 닮아 있어서 쓴웃음이 터졌다.

"죽을까?"

어제의 패배가 떠올랐다. 가진바 온 힘을 다 했지만 졌다. 굳이 탓을 하자면 검이 좀 더 좋았으면 했다.

평범한 잡철 검으로는 소드 마스터를 상대하는 데 한계가 있었다. 그러나 그건 어디까지나 변명일 뿐, 그에게 패배했다는 사실은 변함이 없었다.

이제 그 사람의 신부가 되어 그 사람의 아이를 낳아야 한다.

할 수 있을 턱이 없었다.

사랑이 있어도 평범한 여인의 삶 따위 살 수 있을 리가 없는데, 심지어 어제 처음 본 정혼자다. 애정은커녕 오히려 기분 나쁜 구토감만 스물스물 올라온다. 나이차가 얼마라고 했더라?

아무리 젊어 보이고 미남이라고는 해도 거의 아버지뻘 되는 연배의 남자다. 안주인은 없어도 사창가에 숨겨 놓은 애첩 한둘 정도는 있을 나이다.

그런 집의 여자가 된다고 해도 그건 그저 완곡한 표현의 인형 노릇이다.

내 안의 또 다른 내가 속삭였다.

'차라리 여기서 모든 걸 끝낸다면…….'

거기까지 생각하고 나니 가슴에 가시가 박힌 것 같았다. 치밀어 오르는 고통 때문에 더 이상 아무것도 생각할 수가 없었다.

나는 홀린 듯 벽에 걸린 단검 한 자루를 뽑아 들었다.

투박한 손잡이 안쪽, 내 이니셜이 아주 작게 박혀 있다. 어릴 적 처음으로 만든 검이었다. 달빛 모루 일족들은 내 첫 작품을 보고는 몇 날 며칠을 감탄했다. 산에서 대충 굴러다니는 잡철을 이렇게까지 제련해서 만들 수 있는 인간이 있을 줄은 몰랐다고 했다.

그게 무슨 의미인지 어린 나는 몰랐다. 그때는 그저 만드는 게 행복했다. 그게 전부였다.

단검이 새벽의 파랑을 반사했다. 나는 단검을 자신의 목 아래에 비스듬히 가져다 댄다.

마치 장난처럼 가벼운 손짓.

"후후, 정말로…… 죽을까?"

죽으면 편해질까. 내세에는 환생이라는 게 있을까? 아니면 대륙에서 믿는 빛의 신의 율법처럼 죽은 이는 천국이나 지옥에 가게 될까? 그러면 여성으로서 순종과 양육의 삶을 거부한 나는 지옥에 떨어지게 될까?

'지옥 불은 많이 뜨거웠으면 좋겠어. 그래야 철을 달구기 좋을 테니까.'

저도 모르게 손에 힘이 들어갔다. 칼날이 살갗을 파고들어 갔다. 동맥을 자르는 감촉이 왔다. 그런데 갑자기 눈앞이 새카매졌다.

짝!

단검을 놓친다. 칼날이 바닥을 데구르르 굴렀다. 정신을 차리니 공작이 눈앞에 서 있었다.

"멍청한 짓을 하는군."

대체 그는 어떻게 안 걸까. 방 안에 혼자 있는 자신을 어떻게 본 걸까.

'아니면, 내가 너무 내 세계에 빠져 있어서 들어온 줄 몰랐던 건가.'

어쩌면 대련 때 내 뒤로 바로 이동했던 그것과 같은 기술인지도 몰랐다. 기술인지 마법인지는 잘 모르겠지만…….

웃음이 쓰다. 그럼에도 나는 쓰디쓴 그것을 즐거이 삼킬 수밖에 없었다.

"무슨 일이십니까. 대공 각하께서 아낙의 방에 함부로 들어오시다니요."

"미친 여자인 줄은 알았지만, 거기다가 멍청하기까지 한 줄은 또 몰랐군."

그는 내가 떨어뜨린 단검을 주워들었다. 단검 날에는 내 피가 묻어 있었다.

급소를 단숨에 눌렀다. 조금이라도 늦었으면 모든 걸 끝낼 수 있었다. 아카넬은 혀를 쯧 차더니 양손으로 칼날을 붙잡아 깡 부러뜨린다. 굉장한 악력이었다.

처음으로 만든 검이었다. 그걸 그렇게 부러뜨리다니.

"칼에는 죄가 없습니다."

내 말에 그가 대답했다.

"바보에게는 교훈이 필요하지. 한 번만 더 그런 짓을 해 보도록. 내 이 방의 모든 칼을 다 부러뜨릴 터이니."

"……."

그 말에 절로 부아가 치밀어 올랐다.

"그깟 혼약 취소하는 게 뭐 어려워서 이러시는 겁니까, 대공!"

"얼굴만 예쁜 줄 알았는데 사나운 게 발정 난 고양이 저리 가라군. 조금만 있으면 혼인도 전에 덮치겠군그래."

얼굴이 붉어진다. 수치심으로 붉어지는지 분노로 붉어지는 건지는 나도 잘 모르겠다. 그러나 확실한 것은 손톱이 손바닥을 파고들 정도로 주먹에 힘이 들어가 떨리고 있다는 것.

대공은 나를 벽으로 밀쳤다. 예상치 못한 접근에 내 작은 몸이 벽에 등을 부딪친다. 그가 나를 양팔로 가둔다.

"계집아이로 태어난 게 그리도 불만인가? 카이 알테리온 영애?"

"……."

나는 대답하지 않았다. 어떤 말로도, 이 세상 어떤 언어로도 지금 내 심정을 표현할 수가 없었다. 다만 나는 그를 응시했다. 마치 풀무에서 피어나는 푸른 불꽃처럼.

그가 말했다.

"사내자식 대하듯이 그대를 한 대 칠 수도 있었네. 방금 그대가 저지를 뻔했던 실수를 생각하면 난 충분히 그럴 권리가 있어."

나는 차갑게 대답했다.

"그럼 그러시지요."

"그에 따른 결과가 그저 사내놈 한 대 치는 것만큼 간단한 거였다면 진작 했을 거네. 카이 알테리온, 내 아리따운 신부여."

그가 손을 뻗어 내 뺨을 쓸었다. 기이한 사내였다. 방금 그는 내게 분노했다. 나를 치고 싶다고 말했다. 그러나 그러지 않았다. 오히려 위로라도 하듯 따뜻한 손으로 나를 쓸었다. 눈을 감으면 녹아 버릴 정도로 달콤한 손길.

그는 결코 웃는 법이 없었다. 그저 화를 내거나 냉정하게 바라보거나 짧게 비웃음을 남기는 정도였다. 그는 내가 어떤 여자인지 알면서 아직도 '신부'라 부른다. 남자의 엄지가 내 입술을 스친다.

"……."

대체 그는 무슨 생각인 걸까. 나는 그의 손을 뿌리치지도, 그에게서 눈을 피하지도 않았다. 평범한 여성의 반응을 보여 줘서 그를 즐겁게 해 주고 싶지 않았기 때문이었다.

그게 지금 이 상황에서 내가 할 수 있는 유일한 저항이었으니까. 이윽고 그가 흥이 식었는지 내 입술에서 손가락을 뗀다.

"목욕을 하게. 그리고 제대로 옷을 갖춰 입게나. 이야기는 그 다음일세."

"……."

그가 팔을 치우고는 방 밖으로 나간다. 문이 닫혔다. 그가 사라지자 어쩐지 다리에 힘이 풀렸다. 나는 그 자리에서 주저앉아 한참이나 그렇게 있었다.

나는 패배했고, 그렇기에 내 인생은 이제 사라져 버렸다. 내 꿈도 희망도 내 바람조차도, 심지어 다 끝내고 싶다는 시도조차도 손가락 사이로 흩어졌다. 그러나 울지는 않았다. 내 눈물은 오롯이 나만을 위한 것이니까.

그에게 소모할 것은 어디에도 없었다.

5.

시녀들이 푸른색 드레스를 들고 올라왔다. 평소에 못 보던 옷이었다. 드레스 가슴팍에는 사파이어 브로치가 박혀 있었는데, 내 평생 이렇게 커다란 사파이어는 처음이었다. 거기다가 옷 위쪽에는 은사를 아낌없이 사용해 거미줄 무늬로 수놓았는데 아마 공작이 보낸 예복이겠구나 생각했다. 그 추측은 맞았다. 이번 혼담을 위해 대공이 이런저런 선물을 가져왔다고 했으니까.

시녀들이 내 기분을 띄워 주기 위해 애썼다.

"아가씨, 운이 탁 트였네요. 아카넬 아르노크 공작은 대륙에서 손꼽히는 부자가 아닙니까?"

"대륙 최대의 곡창지대를 가지고 계신 분이지요. 세상에! 이 사파이어 디자인 좀 봐. 미적 감각도 대단하신 분이시잖아요. 보통 남자들은 무조건 크고 비싼 것만 고르려 한다니까요. 그런데 이분은 달라요. 우와, 이 유려한 세공을 보세요. 아가씨."

나는 작게 한숨을 내쉬었다. 시녀들 말대로 누구라도 부러워할 자리라면 그냥 바꿔 주고 싶다. 나는 예전이나 지금이나 황금으로 만든 코르셋 드레스 대신 어디든 갈 수 있는 편한 가죽 부츠를 원하니까.

시녀는 코르셋 끈을 꽉 당긴다. 숨이 막혀 왔다. 나는 기둥을 꽉 붙잡고는 이 순간이 빨리 끝나기를 기도했다. 갈비뼈가 한계까지 압박된다. 이러다가 부러지는 게 아닐까. 나는 차라리 기도를 바꿨다.

'콱 부러져 버려라.'

이대로 부러진다면 그 남자와 식사를 하지 않아도 될 테니까.

"돈도 많겠다, 센스도 있겠다, 거기다가 미남이기까지! 이런 분의 안주인이 된다니 이만한 영광이 어디 있겠어요?"

안타깝게도 코르셋은 갈빗대를 부러뜨리는 대신 숨 깊은 곳을 앗아갔다. 이제 배로 깊게 숨을 삼키는 것은 불가능하다. 가슴으로 옅게 쉬어야 한다.

시녀들은 드레스를 입히고는 내 긴 머리칼을 적당히 틀어 올렸다.

"화장을 해 드릴까요?"

고개를 저었다.

"아침이잖아. 하고 싶지 않아."

"맨 얼굴로 내려가시면 마님께서 진노하실 텐데……."

"괜찮아. 공작과는 어제 이미 끝장을 봤는걸."

차라리 더 못생겨지는 마술이 있다면 얼마든지 할 것 같았다. 그러나 소식도 없이 집 떠난 아버지는 어디선가 신랑감을 보내 왔고, 그 신랑감은 대체 무슨 생각인지 날 놔줄 생각을 하지 않고 있다.

마지막으로 기도문을 외운 후 굽이 높은 힐을 신었다.

'이대로 발목이 콱 삐어 버리기를.'

아, 생각해 보니 고작 발목 삔 정도 가지고는 그와의 아침을 거절할 수가 없을 것 같다. 어머니가 절대로 용서하지 않을 테니까.

"왜 집에서까지 이렇게 꾸며야 하는 건지."

"무슨 소리십니까, 아가씨. 손님께서 오셨다고요. 그것도 대륙 최고의 신랑감이요!"

그 대륙 최고의 신랑감과는 어제 피 튀기는 대련을 펼쳤고, 오늘 새벽에는… 차마 못 볼 꼴을 보여 준 사이가 되었단다.

'어쩌자고 그런 모습을 보인 걸까.'

평소라면 절대로 하지 않을 선택이었다. 오랜만에 어릴 때 꿈을 꾸어서 저도 모르게 마음이 약해진 탓이리라.

나는 무심결에 손을 뻗어 예전에 연습 삼아 만든 세이버 소드를 집어 들었다. 그러자 시녀들이 비명을 지른다.

"에구, 아가씨! 그 흉한 물건은 내려놓으십시오. 설마 그걸로 신랑감을 찌를 건 아니시죠?"

찌르고 싶지만 그놈은 괴물이다. 이제는 내 앞에서 방심도 안 하니 순순히 찔릴 턱이……

'아아, 왜 아버지는 그런 놈을 결혼 상대로 정하신 거야. 그냥 평범한 귀족 나리가 훨씬 나았을 텐데!'

그랬다면 대련이고 뭐고 이미 어제 칼로 위협하는 선에서 이야기는 끝났을 거다. 그러나 상대를 잘못 만났다. 남자의 실력은 아득하다.

대체 그 자식이 인간이 맞긴 한지 의심스러울 지경이다. 아마 내 실력으로는 백날 칼을 붕붕 휘둘러도 봄바람 만난 제비처럼 잘만 날아다닐 거다.

내 검술 실력과 습관은 이미 파악이 끝났을 테니까.

'왜 아버지는 그딴 놈을 정혼자로 정해서……!'

사면초가다. 그때 시녀들이 박수를 쳤다.

"아가씨, 너, 너무 아름다우세요."

"옷까지 받쳐 입으시니 어쩜 이리 공주님 같으실까."

"우리 아씨 시집가시는 건가요? 드디어! 꺄아아!"

시녀들이 뭐라고 하든 이젠 아무래도 상관없었다. 나는 절망을 담아 화장대에 머리를 쿵쿵 박았다. 시녀들이 비명을 지르며 날 끌어낼 때까지 계속.

6.

식사는 무척이나 조용했다. 쓰러져 있는 동안 오빠와 공작 사이에 무슨 일이 있었는지 두 사람 사이에 신경전이 계속되었다는 것 정도를 제외하면 그저 평범한 아침식사였다. 나는 고기를 입으로 부지런히 가져갔다.

아버지께서 오랫동안 부재 중이셔서 절약이 몸에 밴 어머니도 손님께서 오실 때는 꽤나 음식에 신경을 쓰셨다. 사슴이나 토끼 같은 것들은 늘 오빠가 사냥해 오곤 했다.

'물론 오빠가 잡았다고 거짓말을 하고 내가 몰래 사냥해 오기도 하지만……'

그렇다고 해도 소나 돼지는 마을에서 잡아와야 하는 게 아니던가.

'돼지 갈비, 손으로 뜯고 싶다. 아마 그랬다가는 나는 또 어머니와 일생일대의 혈투를 벌여야겠지.'

알고 있다. 아버지가 몇 년째 집을 비우신 이후로 어머니 신경은 날카로울 대로 날카로워졌다. 아무래도 안사람의 역할에 원래는 아버지가 맡아야 할 가주로서의 역할까지 떠맡은 셈이니 보통 정신 줄로는 무리인 게 또 사실.

실제로 영지 안과 영지 바깥에서 일어나는 모든 크고 작은 분쟁들을 어머니 혼자 전부 처리하고 있다. 거기다가 우리 영지가 그렇다고 큰 것도 아니고, 농작물이 잘 자라는 것도 아니고 말이지.

'그놈의 세계 평화.'

아버지가 떠나는 이유는 하나다. 인류를 위협하는 악의

집단을 쳐부수거나 마왕을 소환하려 하는 흑마법사를 찾아 척추를 쪼개거나.

나는 포크와 나이프를 놀려 립을 잘라 살점을 입에 가져 갔다. 아몬드와 꿀을 넣고 한번 졸였는지 립을 씹을 때마다 고소하고 달콤한 육즙이 밀려왔다.

이렇게 지방이 많다니! 토끼나 사슴과는 전혀 다른 맛이다.

식사를 마치고 디저트로 밀크 푸딩이 나왔다.

어머니께서 입을 여셨다.

"그러면 식은 언제쯤이 좋겠습니까? 대공."

나도 모르게 스푼에 힘이 들어갔다. 뽀얀 우유푸딩이 처 참하게 뭉개진다. 조용한 식당에 푸딩 으깨지는 소리가 스 산하다. 그러나 누구도 내게 눈길 하나 주지 않았다. 아카 넬 대공이 입을 열었다.

"그 건에 대해 말인데, 혼인을 조금 미루고 싶소만."

미뤄? 의자에서 벌떡 일어날 뻔했다. 방금 그 말은 어머 니도 예상치 못했는지 잠시 말문이 막힌다.

"여, 역시 딸아이에게 좀 문제가……."

"그런 건 아니네. 오히려 이런 성격의 아가씨는 신선한 맛이 있지. 생선도 신선할수록 펄떡이지 않나."

그러면 내가 생선이란 말이냐?

저 판판한 정강이를 차 주고 싶다. 역시 맘에 들지 않는 남자다. 그러나 지금 내가 할 수 있는 게 뭐 있겠어. 내가 지금 할 수 있는 건 어금니를 꽉 깨물고는 애꿎은 푸딩만 퍽퍽 찌르는 게 전부지.

어머니도 죽을 맛인지 안색이 파랗게 질려 있다.

아마 어머니는 할 수만 있다면 내 머리채라도 붙잡고 결혼식장에 밀어 넣고 싶을 거다.

어머니가 물었다.

"그러면 어찌하실 생각입니까?"

"푸딩이 맛있군."

대놓고 선문답이라니. 이 남자, 짜증 난다. 그는 스푼으로 푸딩을 떠서 한입 음미한다. 남자의 각진 턱 선이 아침 햇빛으로 온화하게 물든다. 조각 같은 미남이다. 신전 벽화에나 나올 법한 옆태에 시녀들이 홀린 듯이 그를 바라본다.

나는 애꿎은 푸딩 대신 저 남자의 머리통을 으깨 주고 싶은 충동과 싸우고 있고. 이윽고 모두의 시선이 집중되었다는 걸 느꼈는지 드디어 그가 말을 이었다.

"내 비록 내기에서 이겼다고는 하나 이대로는 행복한 혼인 생활은 하지 못할 것 같군. 그렇지 않나? 카이 알테리온 영애."

내 푸딩은 이미 너무 뭉개져서 푸딩이라기보다는 수프에 가깝다. 나는 푸딩의 명복을 빌며 대꾸했다.

"지당한 말씀이십니다."

남자가 말했다.

"나는 그대의 재능을 높게 사고 싶네. 비록 아녀자의 신분이긴 하나 검을 든 자로서 한 입으로 두말하지 않겠지? 미스 카이 알테리온 영애."

이게 푸딩이 아니라 대공의 머리통이었으면 얼마나 좋을까. 으깨 버릴 텐데. 이렇게, 꾹꾹.

"그것이 정당한 결투인 이상, 검의 신의 이름을 걸고 대공, 약속은 지킬 것입니다."

꾹. 꾹. 퍽. 퍽.

대공이 내 박살 난 푸딩을 보더니 감탄했다.

"호오, 저렇게 절묘하게 으깰 줄이야. 이 지방에서는 푸딩을 그렇게 먹는 건가?"

어머니께서 내 스푼을 탁 뺏어 드셨다. 그러고는 억지로 웃었다.

"호호호, 이 아이가 식사 예절을 덜 배워서 그렇습니다. 대공."

"재미있군. 아무튼 내가 그런 카이 알테리온 영애께 제안을 하나 할까 하네."

제안? 그게 무슨 뜻일까. 나는 눈을 들었다.

"무슨 말씀이십니까?"

이 다음 그가 꺼낸 제안은 나로서는 상상도 못 할 이야기였다.

"검을 만들어 주게."

"……네?"

"나를 죽일 수 있을 만큼 강한 검을 만들어 주게. 만약 만들 수 있다면 내 혼인을 취소하겠네."

그 말에 나와 어머니 둘 다 소리를 질렀다.

"네!"

"네에에에?!"

그러고는 다시 동시에 소리 질렀다.

"정말로 혼인을 취소해 주신다고요?"

"역시 이 아이가 마음에 안 드신 겝니까?!"

심지어 쌍둥이 오빠는 칼까지 뽑아 들 기세다. 아니 이미 반쯤 뽑았다. 식당은 아수라장이 되었다. 공작은 둘, 아니 우리 셋을 진정시킨다.

"일단은 진정하고 둘 다 듣게나. 우선 이건 내 의사가 아니라 카이 알테리온 양의 의사네. 이대로 결혼이라도 했다가는 자결이라도 할 것 같은 그 의. 사. 말일세."

그래. 실제로도 행동에 옮기기까지 했지. 목이 꽉 막힌다. 나는 결국 대답 대신 테이블보를 꾹 움켜쥐었다. 그가 말을 이었다.

"아무튼 내 시녀들에게 알아보니 그녀는 검을 만드는 것을 좋아하고 실제로도 솜씨가 좋았네. 방에 걸려 있는 검들 하나하나가 유려하더군. 이 근방 철광석이라고 해 봐야 고작해야 순도 낮은 잡철 정도밖에 얻을 수 없었을 텐데 그걸 그렇게까지 강도를 높일 수 있는 인간은 거의 보지 못했어."

"카, 칼을 또 만들었다고요? 너, 그거 대장간에서 사 왔다고 했잖니!"

어머니의 히스테릭한 목소리가 다다다 쏟아진다. 내가 할 수 있는 거라곤 긴 속눈썹을 내리깔고 그저 인내하는 게 전부다. 그러나 부정하고 싶진 않았다. 그건 내 검이었다. 내 칼이었다.

"제가 만들었어요. 어머니."

"너 진짜―!"

"죄송하단 소리는 안 할게요. 잘못한 게 없으니까요."

대공의 안전이다. 보는 눈이 있으니 결국 어머니는 더 이상 소리를 지르지 않았다. 그저 화를 삼키며 숨을 거칠게 내쉴 뿐. 이윽고 대공이 말을 이었다.

"아무튼 나는 그대에게 제안을 할까 하네. 나를 죽일 수 있을 만큼의 칼을 만들어 보게나. 흠 뭐, 드래곤 슬레이어급은 되어야겠군."

드래곤 슬레이어? 그건 용신도 죽일 수 있다는 검이다.

이 세계에서 몇 자루가 되지도 않는 검. 그걸 만들라고?

'그건 불가능해.'

그럼에도 가슴 어딘가에서 불꽃이 피어올랐다. 이미 한 번 타 버린 나무 위로 청염이 돋아난다.

"정말 그거면 되겠습니까?"

"그래. 또 한 가지 조건이 있네."

"뭐죠?"

"이제는 두 번 다시 검을 쓰지 말게나. 두 번 다시 적 앞에서 무기를 써서는 안 될 것이야."

그건 이미 약속한 일이었다. 그러나 검을 버린다는 건 내 평생을 버린다는 뜻. 검을 쓰지 못하는 대장장이라니.

기분 나쁜 아이러니다. 그러나 어쩐지 이 아이러니가 나쁘지 않았다. 나쁘지 않아. 내가 입술을 열었다.

"좋습니다."

"감각이 남달라 보이니 신수와 계약이라도 맺어 보는 것도 좋겠군."

"계약이요?"

"신수들은 꽤 독특한 종족들이지. 아마 그대라면 가능할 거야."

그런 쪽에 재능이 있다는 말은 처음 듣는다. 나쁘지 않았다. 어차피 검을 버리기로 맹세한 삶이다. 맨주먹으로도 어지간한 장정 서넛은 물리칠 자신이 있다. 그러나 대장장이의 삶은 녹록하지 않다. 때로는 밤길을 걸어야 할 거고, 산을 타야 할 일도 많다. 둘 다 겹쳐져서 밤에 산을 타는 일이 올 때도 많고.

"배워 보도록 하죠."

"좋네. 그러면 내 영지로 안내하도록 하지."

내가 고개를 저었다.

"아뇨, 마법 왕국 알타미르로 가도록 하겠습니다."

어머니가 다시 소리를 빽 질렀다.

7.

전부터 느꼈지만 이 남자는 전형적인 통제광이다.

아니, 정확하게 말해 보자면 이 남자는 자꾸만 규칙을 강요하려고 하고, 그럼에도 뭔가가 자신의 무리—마차라든가 나라든가 하는 존재—에 조금이라도 해를 끼칠라 하면 사이코패스인가 싶을 정도로 상대를 처참하게 무너뜨린다.

이를테면 마차를 타고 돌아가다가 중간에 마주친 산적들을 자기 손으로 손수 머리만 남기고 파묻어 버린다거나, 그 와중에 날 보고 휘파람을 분 산적 놈을 찾아내서 놈의 양

손목과 손가락 관절 하나까지 꼼꼼하게 부러뜨린다든가 하는 행동 말이다.

상대가 얼마나 비명을 지르든, 무슨 사과를 하든 개의치 않는다.

'그저 하고자 하는 일을 반복해서 밀어붙일 뿐.'

이런 사이코패스에게 평생을 속박당하며 사는 걸 달콤하게 느끼는 여자도 있기야 있을 것이다.

생각해 보면 동화 속에 나오는 왕자님치고 사람 죽이는 거 망설이는 왕자님이 몇이나 되던가. 동화 속 왕자님치고 인간 백정 아닌 놈들이 없다. 그래야 악당도 잡고, 마법사도 잡고, 적국의 기사 머리도 쪼개 가며 공주를 구할 테니까.

그러나 내 입장에서는 제발 함께 싸우게 놔뒀으면 좋겠다. 하나보단 둘이 싸우는 게 더 낫지 않나.

아무튼 그는 산적 서른 명을 혼자서 무찌르고는 마차에 들어와 시종을 시켜 홍차를 도로 끓였다.

"순간 이동 마법이 있으니 마법사를 시키면 굳이 이런 고생을 할 필요 없었을 거네만."

"그랬다가는 어느 사인가 목적지가 대공의 영지로 바뀌었을 수도 있죠. 그때는 후회해도 이미 늦었을 거고요."

"사람을 전혀 믿질 않는군."

"그냥 제 발로 나가고 싶을 뿐이에요. 영지를 벗어난 것도 처음이니까."

차 맛이 쓰다. 나는 억지로 차를 삼키며 창밖을 바라보았다. 낯선 풍경이 끊임없이 지나갔다.

단 한 번도 나는 혼자 여행한 일이 없었다. 이 시대에는 여성이 홀로 영지 밖으로 나가는 것도 금지였다. 사실 남자도 없이 길가를 활보하는 여인들은 화류계의 여성이나 아니면 하루 벌어 하루 먹고 살아야 하는 평민들, 그리고 가끔 있는 용병들 정도였다.

제정신 박힌 상류층 이상의 집안이라면 절대로 시종도 없이 여자를 혼자 걷게 하지 않는다. 그건 가문에 먹칠하는 일이니까.

덕분에 나는 인내하고 기다리고 몰래 처리하는 일에는 도가 터 버렸다. 사실 그게 내가 할 수 있는 저항의 전부였으니까. 그가 말했다.

"정말 귀찮은 계집이군."

살짝 짜증이 나서 돌아보니 무표정한 얼굴로 나를 빤히 바라보고 있었다. 나를 싫어하는 건 아닌 것 같았고, 그렇다고 나를 좋아하는 것 같아 보이지도 않았다.

'뭐랄까, 어쩔 수 없이 떠안게 된 짐 같은 거?'

그렇잖나. 보관하자니 책임을 요구하고 버리자니 이미

받기로 해서 거절할 수 없는 짐 덩어리. 그렇다고 그걸 대놓고 물어보기도 웃긴 것이, 나와의 혼인을 원하는 게 대공이라는 점이다.

그 정도 되는 남자에게는 나 이상으로 좋은 신붓감이 발에 차이다 못해 대머리 독수리마냥 그의 머리 주변을 빙빙 돌고 있을 거다. 그럼에도 그는 굳이 아버지와의 약속을 들먹이며 나와 결혼하려 한다. 이해가 되질 알았다.

'이상한 인간.'

생각해 보면 이 남자는 보통 사람과는 다른 뭔가 수상쩍은 면도 있었다. 이를테면 지난번, 그가 마지막으로 날 쓰러뜨릴 때 사용했던 무언가. 그건 기술도 마법도 아니었다. 그냥 공간을 찢듯이 눈앞에서 사라졌다.

어머니나 다른 가솔들이야 그 순간을 보는 것조차 불가능했겠지만, 나는 직접 눈앞에서 겪었다.

사람이 주문도 없이 그렇게 한순간에 슥 사라지는 게 가능한가?

만약 그게 마법이 아니라 아주 빠르게 움직인 거라면 준비 자세 정도는 미리 취했어야 하지 않나?

"당신 인간 맞나요?"

"귀찮기만 한 줄 알았더니 이상한 질문까지 하는군."

남자는 질문에 대답하지 않았다. 그저 손을 뻗어 내 뺨에 손을 가져다 댔다. 그의 체온이 다가오자 움찔, 손을 피하려 했지만 등은 이미 좁은 마차로 막혀 있었다. 남자의 손이 뺨 위를 미끄러진다.

"요정이나 신수들은 그래도 천 년을 살아가지만 인간은 백 년도 살지 못해. 그런 존재와 부대끼고 나면 어떤 감정이 남는 줄 아나?"

남자의 눈이 빛을 받아 어두운 적빛을 띠었다. 신기한 색이었다. 이런 안구가 있던가.

남자의 손이 뺨을 타고 오른다. 전기가 스치는 것처럼 따끔하다. 남자의 손가락을 깨물고 싶은 충동을 억누른다.

"무슨 감정이죠?"

"무관심이 남지. 진실된 마음은 완전히 닫는 거야. 그저 인형놀이를 하듯 시간을 즐기는 거지."

"마치 본인이 그런 존재라도 되는 양 말씀하시는군요."

남자는 웃지 않았다. 그러고 보면 이 남자가 웃는 것을 본 적이 한 번도 없었다. 타인의 약점을 찌른다거나 냉소적인 발언을 던질 때 짓곤 하는 희미한 비웃음을 제외하면 남자는 웃질 않는다.

마차는 왕국을 향해 내달렸다. 홍차가 쓰다. 나는 그러면 안 되는 줄은 알지만, 어머니가 있었다면 잔소리를 백 번쯤 했겠지만… 각설탕을 세 개나 집어서 차 안에다 투입했다.

그렇게 다디단 설탕물 차를 연거푸 들이켜고는 빈 잔을 탁자 위에 내려놓았다.

그러고는 졸려서 그대로 잠에 빠져들었다.

8.

대륙, 마법왕국 알타미르에는 신성 왕이 있다. 우리는 그를 천년왕이라고 부른다. 과거 전설로만 내려오는 천년여 제만큼 천 년을 꽉 채워서 통치한 건 아니었다.

정확히 말하면 구 제국이 붕괴한 후, 800년이 조금 넘는 기간 동안 통치한 셈이다. 그러나 경외를 담아 '천년'이라 는 호칭을 붙였다.

당연했다. 구 제국이 끝나면서 황권은 크게 약화되었다. 황도 근처라면 모를까, 외곽 해변에만 해도 해적들의 약탈 이 횡행했다.

그때 일어난 게 지금의 천년왕. 그리고 그가 세운 나라가 바로 도시국가이자 연합국가인 알타미르다.

그는 자신의 도시국가인 알타미르를 지키며 강력한 체계 를 이루었다. 거기다가 무능하다곤 하나 정통성은 있는 현 황실에서도 인정을 받아 제대로 된 국가로서 자립했다.

도시국가라고는 해도 사실상 면적이 내가 있던 영지의 몇 배는 되다 보니 가끔씩 약간의 다툼이 있었지만 그래도 해적에게 쓸려나간 적도 없고 그렇다고 뭐 대규모 산적 봉기가 일어나서 백성들이 수탈당한 것도 없는, 그냥저냥 평안한 도시국가다.

그냥저냥 평안하다는 말이 얼마나 대단한 것이냐면, 주변 영지를 통합해서 나라를 세우면 10년도 못 가서 붕괴하는 곳이 한둘이 아니다. 거기다 자원이 있으면 침략이 들어오고, 인구가 밀집되면 전염병이 돌기 일쑤다.

이곳은 그런 것 없이 언제나 그럭저럭 평안했다.

그게 백성들이 그에게 '천년'이라는 호칭을 붙인 이유다.

"천년왕을 보신 적 있습니까?"

"어릴 적 먼 자리에서 본 적이 있지. 얼굴은 기억나지 않는군."

"그…러니까 대공이 어릴 때를 말씀하시는 거죠? 천년왕께서 어릴 때가 아니라."

"……."

그는 대답하지 않고 다시 창밖을 바라본다. 가끔씩 그는 모호한 문장을 내뱉곤 하는데, 그게 뭔가 그가 깊은 비밀을 감추고 있는 것처럼 보이게 했다.

'자칭 깊은 비밀을 가지고 있는 고독한 사이코패스라니!

어쩜 이렇게 짜증 날 수가.'

칼이라도 들 수 있었으면 다시 한판 붙자고 결투라도 청하고 싶지만, 어쩔 수 없다. 두 번 다시 검을 쥐지 않기로 맹세했으니까.

"전설에 따르면 천년왕은 신의 피를 이어받았다고 하던데요."

"그런 걸로 치면 알테리온가에도 신의 피가 흐르지 않나? 하지만 그렇다고 알테리온가가 천 년을 살지는 않지."

"그래도 꽤 장수하는 편입니다."

"대신에 가주는 전쟁터에서 눕지."

그건 그렇다. 그게 검을 지고 사는 사람의 업보니까. 어릴 적부터 항상 불안해하곤 했다. 전령은 늘 밤이 되어서야 도착했다. 자다가 눈을 뜨면 전령이 도착해 있고 그러고 나면 어머니가 편지를 읽으며 울음을 터뜨렸다.

어린 나는 그게 아버지가 살아서 흘리는 눈물인지 아니면 그 반대의 의미인지 알아내려고 애써야 했다. 아버지는 강하고 강하지만, 강한 만큼 언제나 아버지가 아니면 안 될 곳으로 걸어가곤 했다.

때때로 대륙을 구하는 임무를 위해 가기도 했고, 또 어쩔때는 그보다 더 큰 것을 구하러 가곤 했다. 그때마다 나는 아버지가 너무 깊은 곳으로 들어가서 두 번 다시는 돌아오지 못하는 게 아닌가 걱정하곤 했다.

천년왕은 800년을 통치했다.

신이 그를 왕으로 정했고, 그는 자신을 따르던 12명의 기사들과 함께 깃발을 꽂았다. 그곳은 국가가 되었다. 인간은 신의 뜻에 따라 열둘의 기사들과 땅을 개척했고, 영토를 지켰다.

천년왕은 300년 전까지도 사람들 앞에 나섰다고 한다. 그러나 그 이후에는 나타나지 않았다. 300년 전, 그가 무척이나 사랑했던 친구와 그의 자손들까지 노환과 전쟁, 그리고 병으로 사망한 이후였다.

이제 그는 홀로 남겨져 있다.

천년왕은 궁을 닫았고, 안으로 깊이 칩거했다. 그럼에도 불구하고 왕국은 예전과 같이 흘러갔다. 그가 아니면 안 되는 필요한 순간에만 모습을 드러냈고 벌을 내렸다. 그러나 그것도 백 년…… 백 년이 더 지나고 나니 그가 나타나지 않아도 그의 존재를 의심하는 이가 없었다. 부정을 저지르는 이도 하나둘 소리 소문 없이 사라졌다.

백성들은 그저 왕이 있다는 것을 알고만 있다. 그러나 그가 누군지는 아무도 모른다.

그의 얼굴을 조각한 석상도 초상화도 책들도 모두 그의 명령으로 사라졌으니까.

"천년왕은 살아 있나요?"

"살아 있지. 살아 있을 뿐만 아니라 건재하기까지 해. 완곡한 표현의 저주지."

"저주? 축복이 아니고요?"

"흐음, 백성들에게는 축복일 수도 있겠군. 그러나 본인은? 사랑할 것이 완전히 떠난 후에도 그 터를 지켜야 할 본인은? 애초에 인간의 정신은 그렇게 오랜 시간을 견디도록 설계되지 않았어. 과거 천년여왕이나 특별한 경우였지."

역시 그런 건가. 그가 말을 이었다.

"만약 정신이 멀쩡하다면 그는 인간이 아니라 다른 무언가일 거다. 신수일지도 모르지."

신수. 인간보다 아득한 시간을 살며 힘을 빌려주는 종족들. 요정들과 비슷하긴 하지만 좀 더 신에 가깝다.

인간들은 그들을 숭배하기도 하고 배척하기도 하며, 때로는 함께 일하기도 한다. 인간만이 아니라 인간 이외의 존재들도 마력을 깨닫곤 하는데, 우리는 그걸 신수라고 부르곤 한다.

상급 신수들은 용신님이라든가 사방신님이라든가 하는 신적 존재들이고.

"그런 소리 왕국에서 하면 반역인 거 아십니까? 아무리 타국의 사람이라고 해도 똑같이 법이 적용된다고요."

내 말에 그가 대답했다.

"그래서 나를 반역죄로 신고할 건가, 카이 알테리온 양?"

나는 대답하지 않았다. 문득 수도 위쪽 높다란 첨탑 위에 사람이 앉아 있는 게 보였기 때문이다.

저 높이에서 떨어지면 누구라도 머리통이 부서질 거다. 거기다가 오래된 나무 난간은 바람이 조금이라도 힘을 주면 샐러리 줄기마냥 뜯어질 것 같았는데, 그 가느다란 난간에 앉아서 남자는 눈을 감고 있었다.

창백한 은발 머리칼이 바람에 나부꼈다.

"저 사람……."

"누구 말하는 거지?"

대공의 물음에 다시 보니 그 자리에는 아무도 없었다. 분명히 사람이 앉아 있는 걸 봤다. 물론 그 높이에 누가 있다는 건 비현실적이지만, 얼굴도 기억이 난다. 눈이 크고 여성적인 턱 선이었다.

물론 단단하고 날카로운 눈매에 남성적인 얼굴의 표본이라고 할 수 있는, 옆에 있는 저 알파남도 한미남 하지만 방금 남자도 거기에 견줄 만큼 미남이었다. 정반대의 인상이긴 했지만.

유령이었나? 아니면 헛것?

Chapter 3
좋은 날, 좋은 밤

1.

성 알타미르 왕국 남부 지구에 도착하자마자 주소를 찾아 헤매기를 세 시간, 드디어 목적지에 도착했다.

굳이 수도를 고집한 이유는 따로 있었다. 달빛 모루 일족들이 지내는 곳.

그들이 마지막으로 편지를 보낸 주소가 여기였다.

결국 수도 외곽에 위치한 꽤 고풍스러운 건물을 찾아냈다. 그와 함께 도착하기가 무섭게 입구에서 입가에 흉터가 난 신수를 만날 수 있었다.

"아, 아가씨!"

"란돌프!"

키가 내 가슴께밖에 되지 않는 신수가 성큼성큼 달려와 나를 꽉 끌어안았다. 신수. 인간보다 작지만 인간보다 몇 배는 되는 시간을 살아가는 종족들. 거기다가 달빛 모루 일족, 그들은 한평생 무기를 만드는 데 모든 것을 소비하는 일족이다.

내게 철의 소리를 듣는 재능이 있다는 걸 발견한 이후 그들은 계속해서 나를 왕으로 모시려고 했다. 그러나 내가 당시 그 어린 나이에도 일족의 왕으로 군림하는 건 말이 안 된다고 생각한 게, 한번 그 일족의 왕이 되면 왕국을 떠나지 않고 거기서 평생 지내야 하기 때문이다.

그 왕국이라는 건 언제나 광맥을 끼고 지하에 만드는 터라 한번 왕이 되면 평생 태양 빛을 못 본다고 봐야 한다.

내가 아무리 철을 좋아하고 지금 상황에 불만이 많다고는 해도, 평생 해를 보지 못한 채로 지하 왕국에 갇혀 지내는 건 너무 수지가 안 맞는 장사다.

당연히 나는 한사코 왕의 지위를 고사하고는 부디 그냥 친구로 대해 달라고 했다. 그러나 신수들은 그건 안 된다고 한 결과,

'아가씨'라는 어설픈 존칭이 붙었다.

란돌프는 눈물까지 흘리며 내 배에 얼굴을 비볐다.

"다음에 아가씨 뵐 때는 시집갈 때뿐이라고 생각했는데. 왜 그렇잖습니까요. 인간 여성의 운명이라는 게 참."

그때 아카넬이 지팡이를 들어 나와 란돌프 사이를 떨어뜨려 놓는다. 명백한 위협에 란돌프가 도끼를 꺼내 들었다.

"감히 아가씨와 우리들 사이를 막다니 무슨 짓이냐, 인간?"

"인간이라니 그 호칭 굉장히 거슬리는군. 이래 보여도 한 영지를 관리하고 있는 사람일세."

"그래 봤자 인간 직책이지. 뭘 원하는 겐가?"

"이 계집에게서 떨어지라고 말하는 거다. 난쟁이."

그 많고 많은 단어 중에 '계집'이라니. 나야 저 사이코패스의 남다른 단어 선택에 익숙해질 대로 익숙해졌다고는 하지만 란돌프는 달랐다.

란돌프는 다짜고짜 그를 향해 도끼를 휘둘렀다.

모든 달빛 곰들은 자신이 만든 도끼를 들고 다닌다. 거기다가 란돌프는 달빛 모루 일족 중에서도 손꼽히는 장인, 어린아이가 휘둘러도 강철 정도는 찢어 버릴 정도로 날카로운 도끼를 만든다. 거대한 도끼가 그를 향해 날아온다. 공작은 검을 뽑지도 않고 지팡이 머리 부분만으로 도끼날을 튕겨낸다.

카앙!

완전히 같은 힘으로 정반대 방향으로 튕겨 나가자 란돌프의 이마가 크게 사나워진다. 상대는 강하다. 달빛 모루 일족을 전부 불러다가 붙어도 못 이길 정도로.

"내 신부가 왜 수도에 오자고 했는지 이제야 알겠군. 개치고는 너무 사나워."

취소한다. 이 사내는 인간 남자와 인간 여자, 그리고 신수에게까지 무례하다.

내가 말했다.

"한 번만 더 제 스승들을 개라고 부르신다면 그때는 란돌프가 아니라 제 도끼가 날아갈 겁니다."

물론 아직 도끼는 만들어 본 적 없다만 충분히 그럴 생각이었다. 그만큼 나는 화가 나있다.

"레이디께서 원하시는 대로."

그가 지팡이를 탁 치운다. 일단 사정 설명을 하는 게 우선이다.

"란돌프, 저어 일단은 그… 음…… 본론만 말할게요. 제 계약자예요."

공작이 맞받아쳤다.

"지아비지."

"계약자입니다."

"신랑 될 사람이다."

"계약자라고요!"

신수들이 멍한 눈으로 나와 그를 번갈아 본다. 이 남자, 한 마디도 져주질 않는다. 결국 나는 주먹만 파르르 떨며 억지웃음을 지어야만 했다. 저 남자 명치를…… 세게 때려 버리고 싶다.

"대충 뭐, 그런 사이예요. 제가 검을 만들면 혼인은 취소해 주기로 했어요."

"날 죽일 수 있는 검이어야 한다. 물론 그런 검은 불가능하지만."

란돌프가 일족을 대신해서 물었다.

"어, 그러니까… 음…… 어마어마한 칼을 만들어 주면 혼인은 취소되는 겁니까? 아가씨?"

"네."

남자가 말했다.

"드래곤 슬레이어급이 아니면 불가능할 거다."

"아까부터 헛소리하지 말아요. 드래곤 슬레이어가 땅 파면 나오는 줄 알아요?"

"칼 이름은 알테리온 소드가 좋겠어."

"댁이 뭐나 되기에 드래곤 슬레이어가 아니면 안 죽는다는 거예요? 10년 삭은 식칼로도 동맥 끊으면 죽는 게 사람이라고요."

남자는 어깨를 으쓱했다.

"그거야 내 알 바 아니지."

답답하다. 나는 남자의 엉덩이를 한 대 차 주고 싶은 충동을 다시 억누른다. 인내심, 그건 내 특기 아니던가. 란돌프가 입을 열었다.

"자세한 이야기는 안에서 하지요. 아씨, 어서 들어오십시오. 달빛 모루는 아씨를 환영합니다. 곧 비가 올 거거든요. 아, 참. 이 말을 빼놓았군요."

란돌프가 나를 향해 악수를 청했다.

"철의 가호가 함께하기를."

아주 오래전, 나누었던 인사. 나는 그제야 진짜 집에 도착했음을 실감했다. 왠지 코끝이 찡해졌다. 집이었다. 이곳은 내가 이 세상에서 유일하게 머물 수 있는 안식처였다. 나는 억지로 입을 열어 그의 손을 맞잡았다.

"별의 용광로에 불의 축복이 내리시길."

2.

눈물 나게도 달빛 곰들은 예전처럼 친절했다.

"언제나 오실 수 있도록 아가씨 방을 꾸며 놨지요. 제가 장담컨대 수도에서 가장 멋진 방이 될 겁니다."

란돌프가 문을 열어 주었다. 그곳에는 천국이 있었다. 서재에는 책이 빼곡하게 꽂혀 있었고, 하얀색 커튼을 치우니 그 안에는 일족들이 만들어 놓은 수많은 검들과 핼버드, 그리고 각종 무기들이 가지런히 꽂혀 있었다. 나는 물소 뿔로 만든 활을 집어 들었다.

"뿔이라니… 나무로 만든 것보다 강한 모양이네요?"

"탄성도 이를 데 없고 무엇보다 나무로 만든 것보다 기복이 없지요. 나무로 만든 건 날씨가 조금만 나빠도 느슨해지기 시작하는데 각궁은 그런 게 없거든요. 특히 와이번 힘줄로 만든 것은 물속에 이틀을 담가놔도 장력이 멀쩡합니다."

각궁의 표면에는 담쟁이 넝쿨이 조각되어 있었다. 자세히 보니 활을 당기는 사람이 미끄러지지 않게 손잡이 모양으로 파 놓았다. 이렇게 만들어 놓으면 땀을 흡수하기도 좋고 결정적인 순간에도 제대로 힘을 발휘할 거다.

란돌프가 말했다.

"아가씨께서 뭘 좋아하실지 몰라 가장 잘 만든 것만 골라 이것저것 갖다 놓았습니다요. 언제든 쓰셔도 괜찮습니다."

말문이 막혔다. 나는 그저 란돌프를 끌어안는 것 외에는 할 수 있는 게 없었다.

"저, 이제 검을 쓸 수 없어요."

"네?"

이야기를 하자면 길어지리라. 어디서부터 설명해야 할까 난감해하는데 남자가 다시 신사용 지팡이를 들어 우리 사이를 떨어뜨렸다.

"맹약 결투에서 패배했지. 그 결과 평생 검을 쓰지 않기로 맹세했다."

란돌프가 눈물을 흘린다.

"우리 불쌍한 아가씨—!"

대공은 지팡이로 란돌프를 밀어 버린다.

"죽고 싶나, 곰 새끼. 감히 내 것에 손대려고 해?"

'내 것'이라니! 이 남자, 사람을 물건 취급하고 있다. 절로 어이가 없어졌다. 그러나 싸운다고 될 문제가 아니다. 나는 어린아이를 가르치듯 최대한 차분한 목소리로 또박또박 설명했다.

"대공의 뜻은 알겠습니다만, 달빛 모루 일족들은 제 할아버지 같은 분들이십니다. 저 또한 대공의 것이 아니고요."

겉보기에는 어린아이와 다를 바 없는 이 일족을 할아버지라고 칭하는 게 아이러니했다. 그러나 둘 모두 웃음을 터뜨리기에는 너무 진지했다.

"그건 결투에서 이미 결정 났을 텐데?"

그래. 맹약 결투는 신성한 거지. 보통은 진 사람이 이긴 사람의 노예가 되거나 종자가 되곤 한다.

그나마 그런 처지는 아니니 감사해야 하나. 머리가 지끈 지끈 아파온다. 란돌프는 대공에게 퉁퉁한 배를 내밀었다.

"네 이놈, 감히 우리 아가씨를 함부로 대했다가는 평생 달빛 모루 일족의 저주를 받을 것이야!"

"달빛 모루의 저주? 내가 심심할 때마다 부르는 그자들 말인가?"

"심심할 때마다? 감히 인간 놈 주제에 거짓말을 해? 어느 신수가 고작 인간 족 비위 맞추느라 심심할 때마다 출장을 나간단 말이냐!"

문득 란돌프는 남자가 쥐고 있는 신사용 지팡이를 바라보았다. 한참 그것을 바라보다가 이윽고 란돌프가 입을 열었다.

"그 지팡이 이상하군. 인간이 만든 솜씨가 아니야."

자세히 들여다보니 지팡이 표면을 이루는 나무는 겉으로 봤을 때는 평범한 체리나무로 보이지만, 실제로는 블러디 스톤이라고 불리는 홍옥의 한 종류를 통째로 잘라서 만든 물건이다. 이 정도 품질의 블러디 스톤은 특정 지방, 그것도 악명 높은 블랙 드래곤 아크란의 산맥에서만 나온다고 책에서 읽은 적이 있었다.

최상급 블러디 스톤은 같은 무게의 황금보다도 비싸며 강도는 강철도 막아낸다. 색도 새빨간 비둘기 핏빛. 최상급 중에서도 최상급이다. 지팡이 머리 부분을 이루는 블랙 드래곤 조각 역시 평범한 강철이 아니다.

흑강이라고 부르는, 자신들 달빛 모루 일족들의 용광로에서나 만들 수 있는 극한까지 제련한 철로 되어 있다.

란돌프는 한참이나 되뇌었다.

"우리 일족들은 모두 자신의 조상들이 만든 물건들을 기억하고 있다. 특히 저 정도 되는 물건이라면 설계도까지 남겨 주셨을 텐데?"

"설계도요?"

내 질문이 들리지 않는지 란돌프는 계속해서 중얼거렸다.

"아마 기록을 찾아봐야 분명해지겠지만 분명 선조 중에 저런 걸 만든 분께서 계신다는 이야기는 들었다. 그러나 그건…… 분명히 악명 높은 마룡, 아크란에게 끌려가서 100년 동안 생으로 노역당하고 나오신 분께서 만든 물건일 건데? 대체 그걸 왜 인간이 가지고 있는 거지?"

기가 막힌다. 대체 왜 블랙 드래곤이 가지고 있어야 할 그 물건을 저 남자가 갖고 있고, 저 인간은 어째서 날 약혼자라고 주장하고 있단 말인가.

게다가 이 남자, 란돌프의 머리를 툭툭 치기까지 한다.

"한 번만 더 내 것을 끌어안으려 해 봐라, 난쟁이. 내 진짜 지옥이 뭔지 보여 주지."

한기가 등을 타고 오른다. 그러나 여기서 기세가 꺾였다가는 오히려 란돌프에게 폐가 된다. 나는 그를 막아섰다.

"제 스승에게 허튼 짓을 했다가는 더는 가만히 있지 않을 겁니다."

나는 눈도 깜빡이지 않고 그를 노려보았다. 내 기세에 결국 그는 지팡이를 거둔다.

"그거 참 보고 싶군. 그대가 만들 검을 내 기대하겠네."

"그거 참 잘됐군요. 조금만 기다려 주세요. 그대의 목에 꽂을 칼을 반드시 만들어 드리죠. 계약대로."

가운데에 낀 란돌프는 신음을 하며 양손으로 자기 이마를 꽉 눌렀다. 이런 일에 끌어들여 미안하지만 이건 자존심의 문제다. 특히 저 내 신랑감이라는 사이코패스가 뭔가 내게 숨기는 게 많아 보인다는 게 문제지.

이 세상에 그것보다 위험한 건 없다.

3.

대공은 가문 소유 저택을 수배했다. 당연한 말이지만 대공이 있는 아르노크 가문에서는 타국이라 할 수 있는 이 알타미르에 호화 대저택을 열 채나 소유하고 계시다.

혼자 쓸 저택을 왜 열 채나 사 뒀는지 알 수가 없다만, 어쨌든 대공은 거기서 머문다니 차라리 잘됐다 싶었다. 아카넬 공작은 통제광이고 뭔가 질서에서 벗어나는 걸 참지 못했다. 그렇기에 사사건건 날 통제하고 싶어 안달이 나 있었다.

그 냉혈마와 함께 있으면 부아가 치밀어서 내 명에 못 살 것 같다. 아무튼 오늘은 달빛 모루 일족에게 신세를 지지만, 별장 청소가 끝나는 데 하루 정도 걸린다고 하니 당장 내일부터 따로 살 수 있으리라.

절대로 안 된다고, 나도 그의 저택에서 머물러야 한다고 대공은 누누이 경고했지만 들을 생각은 먼지만큼도 없다.

맹약 결투에는 그의 모든 명령에 복종하라는 조항은 없으니까.

집에서 가져온 옷들을 하나둘 걸어 놓으며 작은 평화를 만끽했다. 문득 가방 가장 아래쪽에 있는 안주머니에서 오빠의 편지를 발견했다.

곧 찾아갈게.

카녹. 쌍둥이 오라비.

언제나 함께였다. 가끔씩 카녹이 아버지와 임무를 나갈 때를 제외하고는 이렇게 오랫동안 떨어진 적은 처음이다. 왠지 몸의 일부분을 놓고 온 것 같다. 나는 허탈감에 침대에 등을 기댄다.

이럴 때일수록 힘내야 한다. 나는 손을 움직여 옷장에서 입을 옷을 찾아냈다. 달빛 모루 일족들이 미리 만들어 둔 옷인 모양이다. 보통 여성 용병들이 입고 다닐 법한 가벼운 복장이다. 어머니가 보신다면 소리소리를 지르시겠지만, 뭐 어떤가. 어차피 이제는 혼자인 것을.

나는 옷을 벗고는 경장을 몸에 둘렀다. 새하얀 레더 갑옷에 발목 위까지 올라오는 부츠. 가슴 부분이 흔들리지 않도록 딱 고정시켜 놓았는데, 그다지 티가 나지 않았다. 거기다가 가죽 안에 안감을 덧대어서 충격 흡수에 용이하도록 만들었다.

마음에 들었다.

보물찾기 하는 아이 심정으로 옷장 밑바닥까지 헤집어 오크 가죽 띠를 발견했다. 원래라면 벨트 용도로 만든 물건이겠지만, 나는 후크를 뜯어 버렸다. 그러고는 적당히 잘라 양손에 감았다. 오크 가죽은 역시나 두껍고 무겁다. 적어도 고블린이나 와이번 정도는 돼야 편할 것 같았다.

나는 가볍게 정권을 날렸다.

팡!

손이 공기를 치는 감각이 절묘하다.

검만큼은 아니더라도 주먹으로도 그럭저럭 싸울 수 있을 것 같다. 나는 몸을 풀 겸 정권, 정타, 정각(脚)을 차례로 날린다. 부츠 위로 하얀 허벅지가 노출된다. 아녀자가 맨살을 드러내다니. 조금 부끄럽지만 그리 나쁜 기분은 아니었다.

'좀 더 가벼우면 좋겠어. 충격은 흡수되고.'

생각해 보니 집에서 가져온 코트가 사슴 가죽이다. 내가 직접 가공한 건 아니지만 알테리온 영지의 사냥터지기가 솜씨가 좋았다. 나는 코트를 꺼내서 침대에 내려놓는다. 망설이는 것도 잠시, 나는 목부터 소매를 잇는 바느질 선을 북 뜯어 버렸다.

어디선가 엄마의 호통 소리가 들리는 것 같았지만 아무래도 상관없었다.

나는 날이 밝을 때까지 장갑을 만드는 데 매진했다.

그리고….

'오, 이 정도면 완성인가?'

손에 딱 맞는 가죽 장갑을 만들고 나니 새벽 5시.

무언가에 매진하면 주변을 못 보는 못된 성질 때문에 하룻밤을 날렸다. 그러나 물건을 만든다는 기쁨의 아드레날

린으로 가득 차 있어서인지 졸리지는 않았다.

'그러고 보니 정원 뒤쪽에 연무장이 있던가?'

이 일족들은 정말로 조상 중에 고대 곰이라도 섞여 있는 건지 하루 종일 광산에서 곡괭이질을 해도 몸이 지치지 않는다. 그 넘치는 혈기를 도시에서 풀려면 적어도 연무장 50평 정도는 있어야 한다.

커튼을 스윽 열어 보니 역시나 뒤뜰에 연무장이 보였다.

'아, 럭키!'

알테리온 저택과는 달리 바닥을 화강암 타일로 깔아 놓았다. 여기서 엎어졌다간 꽤나 아플 텐데 그런 건 생각도 안 한 모양이다. 하긴 역시나 충격 흡수보다는 당장의 스트레스 해소가 중요한 일족들이니 원.

'저기서 넘어지면 코 깨지겠네.'

에이, 언제부터 그런 거 신경 썼다고. 나는 창문을 열고는 풀쩍 땅으로 뛰어내렸다. 목각에 가죽을 덧댄 인형을 찾아내 가운데에 끌어 놓았다.

숨을 깊게 들이켰다. 차가운 새벽 공기가 폐 속 가득 밀려들어 온다. 비 온 후라 습기를 잔뜩 머금어서인지 비강이 금세 축축해진다. 나는 습기를 삼키며 숨을 내쉰다. 어둠이 숨결을 타고 꽃이 되어 피었다.

'우선 정권.'

가벼운 상단 지르기.

'그 다음 정타.'

손바닥 움푹 들어간 곳으로 충격을 밀어 넣는다.

'그 다음 정각.'

새하얀 허벅지가 목각 인형의 목을 톡 친다. 충격감은 나쁘지 않았다. 그러나 좀 더 빠르게 할 수 있지 않을까?

'정권보다는 정타가 낫겠어. 체구가 작으니 유권 쪽이 좋겠지만, 그래 가지고는 목각 인형으로 싸울 수는 없잖아?'

그 순간, 나도 모르게 팔꿈치 지르기가 목각 인형의 목을 향해 날아간다.

퍽!

사람 뼈 중에서 가장 단단한 곳이 팔꿈치, 이것을 이용해 아래에서 위로 쳐올리는 공격을 이문정주, 옆으로 치는 공격을 외문정주라고 부른다. 아버지 말로는 산맥 너머 선조들이 배운 팔극권, 그중 시초가 되는 파자권의 변형식이 알테리온 권법의 시초라고 했지만, 나는 잘 모르겠다.

내가 거길 가 봤어야지.

빠각.

일격으로 목각 인형이 부러진다. 사람에게 썼다가는 목뼈가 조각났을 거다.

'일 났네.'

나는 얼굴을 붉히며 목각 인형을 구석에 대충 치워 놓았다. 내일 이걸 어떻게 설명해야 할지 모르겠다. 대충 비슷한 걸 만들어 주면 되려나.

그동안 검법에 비해 권법에는 소홀했다. 당연했다. 같은 경지면 권은 절대로 검을 이길 수 없다. 상식적으로 평범한 사람이 칼 든 사람을 맨손으로 제압하려는 것 자체가 말이 안 되는 일 아닌가. 거기서 나아가서 '주먹 좀 배운 사람'이 '칼 좀 배운 사람'을 맨손으로 제압하는 것도 말이 안 되는 거고. 게다가 이 세상 모든 강철의 능력을 끌어낼 수 있는 나라면 당연히 검을 써야 능력이 배가되는 거고.

그런데 이제는 맹세를 했으니 앞으로 그걸 해야 한다는 거다.

벌써부터 눈앞이 깜깜하다.

뭐, 이렇게 된 이상 어쩔 수 없는 일. 나는 내력을 발끝부터 손끝까지 보낸다. 내 손이 둥근 호를 그린다. 나는 직선권보다는 부드러운 유권을 선호한다. 그러나 앞으로는 검을 쓰지 않으니 직선권을 쓸 때가 많을 거다.

적의 공격을 한 번 경력으로 받아서 되돌리는 유권과는 달리, 적의 공격을 어깨로 받아 단전에서 한 번 더 돌린 다음 진각을 밟아 직선으로 공격을 되쏘는 게 직선권의 방식이다.

내 손이 춤을 추듯 움직인다.

몸 하나, 관절 한 곳까지 내력을 보내 점검한다.

내력, 마력, 마나라고도 부른다. 결국은 같은 뜻이다. 다만 마법사는 마력을 심장에, 전사는 내력을 배꼽 아래 단전에 저장한다.

춤을 추듯 움직이는 몸에서 땀이 뚝뚝 떨어지기 시작한다. 마침내 나는 마력을 한 점에 모아 정권을 지른다.

팡!

주먹에서 푸른 불꽃이 피어오른다. 내 손을 감싸고 있는 마력이 공기와 마찰해서 스파크를 냈다.

'할 만한데?'

검사들이 사용하는 검기에 견줄 만한 건 아니지만, 철을 끊어 버리는 정도라면 충분히 가능해 보인다. 그때 박수 소리가 울렸다. 옆을 돌아보니 공작이었다. 창문을 열고 이쪽을 내려다보고 있었다.

"엿보는 게 취미이실 줄은 몰랐습니다만?"

내 말에 그가 화답했다.

"그쪽도 야밤에 체조하는 게 취미일 줄도 몰랐지."

정말 말 한마디를 안 진다. 한마디 톡 쏘아주려고 하는데 그가 먼저 선수를 친다.

"그래서, 싸우는 법이라면 내가 가르쳐 줄 수 있네만?"

그 말을 듣는 순간, 나는 직감했다. 아마 그는 좋은 스승이 될 거다. 대부분의 통제광들이 그렇듯이 아마 내 장점과 단점을 빠르게 파악하고 적절한 격려와 체벌을 곁들여 가르칠 거다. 체벌과 격려는 교육의 기본이고, 특히 통제를 좋아하는 저런 타입들의 특기가 아닌가.

"싫습니다."

그러나 거절해야 한다. 저 사내에게 한번 멍에를 씌우게 되면 그걸로 끝이다. 그 이후로도 계속해서 끌려 다니게 될 게 불 보듯 뻔했다. 남자가 그런 나를 내려다본다.

"호오?"

나는 양팔을 허리에 짚고는 남자를 똑똑히 올려다본다.

"허나 대련이라면 환영하지요."

"맨손 격투 말인가?"

"겁이 나신다면 진검을 드셔도 상관없고요. 뭐, 그래도 명색이 대공이신데 그런 짓은 안 하시겠죠?"

나는 허세를 담아 긴 머리칼을 팍 뒤로 넘기고는 연무장을 걸어 나갔다. 목 뒤로 대공의 시선이 느껴진다. 지금 그는 무슨 표정을 짓고 있을까? 궁금했지만, 몹시도 돌아보고 싶었지만 돌아볼 엄두가 나질 않는다. 나는 그렇게 단 한 번도 뒤를 돌아보지 못했다.

4.

당연한 말이지만 무기를 만들려면 돈이 필요하다. 또한 좋은 무기일수록 비싼 재료가 들어간다. 달빛 모루 일족분들께 마냥 빌붙을 수도 없는 노릇이고, 그렇다고 망할 공작에게 돈을 꾸는 건 말도 안 되는 일이다.

'어디 없을까. 재료를 싸게 팔면서, 돈 벌 만한 일거리도 주는 곳?'

아무리 생각해도 턱도 없는 일이다. 그러나 궁하면 한다고 하지 않던가. 수장 란돌프에게 물어보니 대답이 나왔다.

"두 조건을 모두 충족해 주는 가게가 있긴… 합니다만, 별로 추천해 드리고 싶지는 않군요."

"무슨 말이죠?"

"수단과 방법을 가리지 않고 아름다운 것만 수집하는 가게가 하나 있긴 합니다. 여기서 아름다운 것이라는 건, 보석이나 장신구 같은 것 외에 검 같은 무기도 포함합지요. 가게 주인의 마음에 들면 재료값도 꽤 싸게 팝니다요. 그런데… 음, 그게, 가게 주인의 마음에 든다는 게……."

내 눈썹이 꿈틀거렸다.

"설마 거래하는 사람 외모도 아름다운 사람이어야 한다?"

"네, 예쁜 것에는 아주 환장하는 놈이라서요. 세상에 별

미친놈이 다 있죠?"

"그러면 저어, 모루 일족들은……."

"네, 저희와는 전혀 거래를 트지 않았습니다. 고얀 새끼 같으니라고!"

뭐 저런 종족 차별, 아니 안면 차별하는 가게가 다 있을까. 그러나 찬밥 더운밥 가릴 때가 아니었다. 대체 얼마나 얼굴을 따진다는 걸까.

암담해졌다. 아무튼 꾸미고 놈을 만나야 한다는 점은 변함이 없다. 그러나 어떻게? 무엇을 꾸미고? 거울을 한번 봤다. 내가 그래도 알테리온 영지에서는 꽤나 먹어 주는 얼굴이긴 했다. 그러나 그래 봤자 지역구 미인 아닌가.

여긴 마법왕국 알타미르고 전 대륙의 미녀들이 모이는 곳이다. 여기서도 먹어 주는 얼굴일까?

자신이 없다.

나는 금색 머리칼을 길게 늘어뜨리고는 푸른색 원피스를 입었다. 바지 차림에 익숙해진 지 얼마나 되었다고 치마가 어색하다. 준비가 끝나자 거울에서 눈을 떼고는 주먹을 쥐었다 펴길 반복한다. 손바닥에는 긴장이 축축하게 묻어났다. 이건 흡사 메이드들이 면접 볼 때나 느끼는 감정 아니던가? 그런 걸 내가 느끼게 될 줄은 상상도 못 했다.

'……'

마지막으로 나는 조그마한 분첩을 꺼냈다. 화장하는 법 정도는 알고 있었다. 한 가문의 여식이 되면 외우기 싫어도 결국 전부 외우게 되니까. 그렇다고 그걸 전부 발휘하고 싶지는 않았다. 결국 내가 한 것은 새빨간 연지에 손가락을 조금 담가 입술을 치장하는 것 정도였다.

문이 벌컥 열리더니 란돌프가 눈을 크게 떴다.

"아씨?"

"어때요, 이 정도면 볼 만한가요?"

그 말에 란돌프가 껄껄껄 웃음을 터뜨린다.

"저희야 인간의 아름다움은 잘 모르겠습니다만 예전에 만났던 요정과 닮았군요."

요정 같다면 최고의 찬사 맞나? 나는 손가락으로 브러시를 빙글빙글 돌리다가 화장대 위에 탁 내려놓았다. 그러고는 계단으로 내려갔다. 란돌프가 물었다.

"아침 운동은 하실 겁니까요? 미리 준비해 놨습니다만."

"가볍게 할게요."

위층에서 아카넬이 책을 읽다 말고 창밖을 내려다본다. 나는 대공을 힐끗 보고는 원래 위치로 시선을 돌린다.

연무장 한가운데에는 란돌프가 유리로 된 커다란 맥주잔들을 줄지어 일렬로 붙여 놓았다. 각각의 맥주잔에는 1번부터 12번까지 번호가 매겨져 있었는데, 보통 사람이라면 연습을 위한 장치라기보다는 어디 주점에서 거나하게 술판이라도 벌이려나 싶을 거다.

그러나 술판을 벌이기에는 맥주들 모두 너무 오래되서 김이 빠져 있었고. 거품은커녕 평범한 맥주 발효 물에 가까웠다.

나는 눈을 감고 깊게 숨을 들이쉬었다. 파란색 원피스가 아침볕에 새콤하게 빛났다. 연무장 주변으로 달빛 곰족들이 가득 에워싼다. 이윽고 눈을 뜨고는 손등을 탁탁 털었다.

"란돌프."

"아가씨, 9번부터 하죠."

나는 다리를 어깨너비로 벌리고는 진각을 밟는다. 충격이 발바닥에서 태충을 타고 올라간다. 이윽고 양구, 천추, 전중혈을 타고 올라가다가 마침내 구미혈을 타고 팔꿈치까지 올라온다. 이윽고 손바닥 안쪽 가장 부드러운 곳으로 충격을 밀어 넣는다.

투웅!

유리는 깨지지 않는다. 충격은 정확하게 9번 맥주잔에서 폭발한다. 김빠진 맥주에 난데없이 거품이 밀려오며 술이 넘치기 시작했다. 내가 봐도 이번에는 꽤 괜찮은 솜씨였다. 내가 처음 충격을 밀어 넣은 1번 술잔도, 그 뒤로 8번 술잔까지 모두 멀쩡했으니까. 정확하게 원하는 위치에서 폭발 시키는 연습이다.

란돌프는 거품이 올라오는 맥주를 골라 마시며 꺼억 트림을 내뱉는다.

"아씨, 이번에는 5번 되겠습니다."

5번이란 말에 나는 다시 장권을 내지른다. 묵직한 공격과 함께 정확하게 5번 술잔이 터진다. 양 옆에 있는 6번 술잔도, 4번 술잔도 멀쩡한데 정확하게 5번에서만 충격을 터뜨린다.

'충격 조절!'

손끝이 짜릿하다. 단순히 강하고 빠르게 검을 내지르는 검사들에게 대항하기 위해 힘의 방향과 강도를 조절하는 법을 연습했다. 유리에 금 하나 가지 않는 섬세한 공격. 그게 내가 할 수 있는 가장 강한 무기가 될 거다.

나는 그렇게 란돌프가 고른 번호에 따라 충격을 조절했다. 이윽고 가장 가까운 1번 잔 차례가 되자 나는 고개를 저었다.

"옷에서 술 냄새 나면 안 된다고요."

그 말에 머리 위쪽 창에서 웃는 소리가 들렸다. 설마 아카넬은 아니겠지? 그 벽창호가 설마하니 이런 걸로 웃지는 않을 거야. 하지만 웃음소리가 어쩐지 낯익다.

나는 무척이나 궁금해졌지만 묻지는 않았다. 작은 웃음 소리가 언제 그랬냐는 듯 또 금방 사라졌기 때문이다.

나는 밖으로 나왔다.

달빛 곰족이 그려 준 약도답게 작은 골목까지 자세하고, 축척이 정확하다. 지름길을 타고 좁은 골목길로 들어섰다. 골목은 어둡고 고양이 오줌 냄새가 났다. 천년왕이 이 도시를 통치한 이후, 수도는 언제나 위생적이었다.

'그래도 사람이 사는 곳인데 골목까지 전부 깨끗하길 바라는 건 무리려나.'

돌아가려면 지금뿐이었다. 나는 뒤를 돌아보았다. 큰 대로변을 걸어서 가는 게 좋겠지만 이대로 빙 돌아가게 되면 시간이 두 배는 걸린다. 결국 망설이다가 앞으로 발을 내디 뎠다. 구불구불 이어지는 골목을 타고 그렇게 한참이나 걸어갔다. 골목에는 사람 하나 보이지 않았다. 마치 이곳에 나 혼자 툭 떨어진 것만 같았다. 오래된 타일 사이로 이끼가 자라 몹시도 미끄러웠다. 어쩐지 누군가가 뒷목을 쿡쿡 찌르는 것 같은 느낌에 다시 뒤를 돌아보았다.

아무도 없었다.

이런 곳이니 예민해질 법도 했다. 다시 앞으로 향하려는 순간 깜짝 놀라 숨을 삼켰다. 새카만 고양이 한 마리가 내 발목 아래에 엉켜 있었다.

'으아아악!'

인기척도 느껴지지 않았다. 나는 너무 놀라 다리를 휘휘 젓는다. 고양이는 신경질적으로 야옹댔다. 그러고는 양 앞 발을 쭉 펼쳐 단숨에 벽 위까지 달려 올라갔다.

까만 고양이라니. 나는 평소에도 고양이란 동물에 질색 을 했다. 그중에서도 특히나 검은 고양이는 소름이 끼칠 정 도다. 무엇보다 커다란 생물이라면 때려서라도 처치하면 되겠지만 이런 작은 생물은 해코지하는 것도 싫었고.

얼마나 더 내려간 걸까. 골목 끝이 보이기 시작했다.

건물 머리에는 붉은 비단이 늘어져 있었다. 대낮의 주점 거리는 한산하다. 나는 느슨한 걸음걸이로 걸어갔다. 문득 거리 끝에서 여성들의 웃음소리가 들렸다. 진한 향수 향이 코끝에 달라붙는다.

이 거리의 비단만큼이나 붉은 옷을 입은 여인들이 걸어 왔다. 다들 무척이나 아름다웠는데, 얼마나 아름다웠는지 어릴 적에 봤던 동화 속의 공주님들보다 예뻤다. 그러나 그 녀들은 공주님 같은 존재는 아니었다. 오히려 그 반대에 가 까웠다.

치마는 과도하게 짧게 올리고 상의는 가슴까지 내렸다. 속옷도 제대로 갖춰 입지 않았는지 걸을 때마다 둥근 유방

이 흔들린다. 그 가운데 은색 머리칼의 남성이 모습을 드러
낸다. 입술에는 그녀들이 한 것과 똑같은 붉은 립스틱이 번
져 있었다. 그는 이쪽을 곁눈질로 한번 보더니 가장 가까이
에 있는 흑발 창녀의 가슴에 키스했다. 그가 입술을 떼자
가슴 위쪽에 선연한 붉은빛이 번졌다.

　이윽고 은발의 그와 눈이 마주쳤다.

　왠지 머쓱해져서 나는 시선을 돌렸다. 그는 피식 웃으며
마치 춤을 추듯 창녀들 사이에서 걸어갔다. 아무래도 빨리
지나가 버려야 이 어색함이 해소될 것 같다.

　나는 걸음을 서둘렀다. 어차피 불쾌감은 잠시다. 이대로
스쳐 지나가면 될 일이었다. 은발의 남자와 내 거리가 점점
더 좁혀진다. 나는 그가 멀찍이 가기 좋게끔 일부러 길의
가장자리로 비켜서 걸었다. 그의 은색 머리칼이 내 옆태를
훑고 간다. 그의 손가락이 짧게 내 뒷목을 건드린다.

　'훗……?!'

　짝!

　엉겁결에 그의 손을 강하게 쳐 냈다. 남자의 손이 시뻘겋
게 부풀어 올랐다. 남자가 입을 열었다.

　"하하, 이거 꽤나 앙칼진데요?"

　"……."

　뒷목을 만지다니! 나는 그의 말에 대답하지 않았다. 이상

한 사람인가 싶어 오히려 보란 듯이 성큼성큼 남자를 뒤로
한 채 큰 보폭으로 걸어갔다. 목 뒤로 은발 남자의 시선이
느껴졌다. 그러나 무시했다.

5.

어쩐지 낯이 익다고 생각했는데 생각해 보니 처음 성문
앞에서 마차를 세웠을 때 봤던 그 남자와 비슷했다. 그때
그 남자는 가느다란 난간 위에 앉아 있었다. 순 은발이 죽
음처럼 창백하게 흔들렸다. 같은 사람이라는 생각을 못 한
이유는 분위기가 너무 달랐기 때문이다.

대체 뭐 하는 괴짜인지는 몰라도 여기는 수도다. 눈 감으
면 코 베어가는 곳이다. 나는 양손으로 내 뺨을 짝 소리 나
도록 때렸다. 정신이 돌아온다.

마침내 약도에 있는 그 가게 앞에 도착했다.

작고 허름한 2층 가게다. 가게 앞에는 빵 굽는 향기가 났
다. 오후의 햇볕이 유리창을 두드린다. 나는 나무 문을 밀
고 안으로 들어간다.

딸랑—

풍경이 부딪치며 경쾌한 소리를 냈다. 카운터에는 사람

이 보이지 않았다.

'가게 주인이 잠깐 나간 건가? 그렇다고는 해도 문도 잠그지 않고 나가다니, 도둑이 들면 어쩌려고.'

나는 손님용 소파에 앉아서 주인이 오기를 기다렸다. 가게에는 뭐에 쓰이는지 알 수 없는 물품들이 빼곡하게 쌓여 있었다. 겉으로 언뜻 보기에는 무질서한 배치였지만, 자세히 보면 손에 닿기 쉽게 잘 정돈되어 있었다. 2층에 올라가는 계단 대신 사다리가 놓여 있었는데 잘못 올라가면 굴러떨어질 정도로 가팔랐다.

적어도 손님을 배려해서 만든 건 아닌 것 같았다.

"사람이…… 안 오네."

잠깐 자리를 비운 것 치고는 꽤 많은 시간이 지났다. 그러나 여기까지 왔는데 빈손으로 돌아갈 수는 없는 일. 한참을 멍하니 기다리던 난 의자에 앉아서 꿈뻑꿈뻑 졸기 시작했다.

오후의 햇살은 크림보다 달콤했다.

어릴 때 꿈을 꾸었다.

유채꽃이 흐드러지게 피어 있었다. 바람이 불 때마다 유채꽃은 오렌지 주스처럼 출렁거렸다. 그 한복판에서 아버지가 날 들고 빙글빙글 돌았다. 아버지는 산처럼 커다랬고, 양팔을 다 뻗어도 아버지를 안을 수 없었다. 그런 시절이었다.

이제는 얼굴도 흐릿한 아버지를 꿈에서라도 만나서, 꿈인 줄 알지만 너무 기뻐서 눈물을 터뜨렸다. 그렇게 꿈에서 깼다.

무언가가 날 깊게 누르고 있었다. 압박감에 눈꺼풀을 뜨니 은발의 남자가 양팔로 내 몸을 누르고 있었다.

"어라, 일어나셨군요."

분명 소파에 앉은 자세로 잠들었는데 어느 사인가 옆으로 누운 자세가 되어 있었고, 그 남자는 내 위에 올라타 있었다. 내 푸른색 원피스는 무릎 위 아슬아슬한 곳까지 올라가 있었는데 이 남자는 마침 어깨 끈을 풀려던 참이었다.

"누, 누구⋯⋯?"

말이 끝나기도 전에 남자가 입술을 덮는다. 입술과 입술이 부딪치며 뜨거운 감각을 만들었다.

'처, 첫 키스?'

한순간 몸이 굳는다. 방금 전에 길에서 봤던 그 남자다. 양손에 매춘부들을 끼고 있던 그 남자. 나는 뺨을 후려칠 셈으로 손을 뻗는다. 그러나 남자는 내 양손을 무서운 힘으로 찍어 누른다.

"에이, 그럴 생각으로 와 놓고선 이제 와서 정숙한 척 빼도 늦다고요."

그럴 생각으로 왔을 리가 있냐?! 나는 남자의 손목을 빼려고 힘을 준다. 그러나 꿈쩍도 하지 않았다. 무슨 철근이 올라탄 것처럼 움직이질 않는다. 남자의 입술이 내 목선을 핥는다.

"자, 잠시만요. 전 그럴 생각으로 온 게…….."

"하지만 자고 계셨는걸요. 수면향 때문인지 제 친구들이 많이들 이 소파에서 자고 간답니다. 아, 이번에는 그런 컨셉인 건가요? 색다른 걸 원한다고 좀 전 가게에 미리 말해 두긴 했습니다만."

그 친구들이 어떤 친구들(?)인지, 부탁했다는 그 가게가 어떤 가게(?)인지 말하지 않아도 알 것 같았다.

하필 말해 둔 직후라니 타이밍이 나빴다. 거기다가 이쪽은 첫 키스가 아닌가. 소녀의 푸른 꿈이 부서지는 기분이다. 이건 아무리 좋게 말해도 재앙 그 이상도 그 이하도 아니다.

남자는 한 손으로 내 양팔을 붙잡아 누르고는 다른 손으로 허벅지를 향해 훑어갔다. 그리고 허벅지 안쪽, 내 은밀한 작은 속옷에 손가락이 닿자 더 이상 지체할 수가 없었다. 식은땀이 흘러내린다. 나는 비명을 지른다.

"우랴아앗!"

엉겁결에 필살기를 쓸 때나 하는 걸쭉한 남자 고함이 나왔다. 그와 동시에 내 무릎이 남자의 사타구니, 즉 낭심이라고 하는 그곳을 가격했다.

"……!"

무릎에 뭔가 부서지는 소리가 울린다. 남자가 갑자기 소리도 지르지 못하고 몸을 곧추세운다. 팔이 풀리자마자 나는 엉금엉금 엉덩이 걸음으로 뒤로 물러난다. 그러나 남자는 자신의 가랑이를 오므린 상태로 거품을 뱉으며 끅끅거린다.

기억났다. 아주 오래전, 내가 10살도 채 안 됐을 때 오빠와 싸울 때 화가 나서 저곳을 걷어찬 적이 있었다. 오빠는 그대로 기절해서 이틀 후에 깨어났고, 치료사는 다행히 대는 끊기지 않았다고 말했다.

그런데 이번에는 느낌이 왔다. 분명히 뭔가 부서지는 느낌이 무릎에 왔다.

남자는 지옥 같은 고통 속에서 비명조차 지르지 못했다. 그저 숨을 삼킨 상태로 몸을 바르르 떨 뿐이었다.

"아, 저… 괘…… 괜찮나요?"

그게 내가 짜낼 수 있는 최대한의 양심이다. 그때 오빠의 그곳을 후려친 날, 아버지가 눈물로 호소했다. 차라리 적을 죽이라고. 거기를 칠 바에는 그냥 숨통을 끊어주는 게 양심이 있는 기사도라고 했다. 기사도 책을 백날 읽어봐도 그런 조항은 없었지만 여자는 알 수 없는 남자들만의 고통인 모양이다.

그때 아버지는 아들놈의 아들(?)이 부서지지 않기를 손 모아 기도했다. 그리고 내게 그 기술은 두 번 다시 쓰지 말라 봉인시켰다. 첫 키스도 날아가고 정절의 위협까지 느낀 터라 결국 살인기의 봉인을 풀었다곤 하나, 거길 부술 바에는 죽이라는 아버지의 엄명이 아직도 귓가에 달라붙어 있다.

"괜찮…아요?"

…주…… 죽였어야 했나? 이런 바보 같은 생각마저 들었다.

그러고 보니 등을 좀 쓸어 주면 낫다는 이야길 어디서 듣긴 했었다. 나는 손을 들어 남자의 척추를 쓸었다. 생각보다 근육이 잡힌 몸이었다. 그도 그럴 게 겉으로 봤을 때는 굳은 일을 하나도 하지 못하는 샌님처럼 보였기 때문이다.

등 근육이 고통으로 경련했다. 남자가 손을 들더니 휘저었다.

건드리지도 말라는 무언의 신호다.

이런 상황에서 어떻게 해야 하나. 그저 남자의 곁에서 우왕좌왕하는 것 외엔 할 수 있는 게 없다.

6.

남자는 진정된 이후에 내게 차를 끓여오라 명령했다.

"차요?"

"사람을 고자로 만들 뻔했는데 차 한 잔도 못 끓여 오시겠단 말씀이십니까? 아아, 두려워요. 저는 이 세상의 악의가 두렵습니다."

…빌어먹을 자식. 시작은 네놈이 했잖아.

욕이 목구멍 밖으로 나온다.

그가 손가락으로 가리킨 선반에는 과일 차부터 값비싼 동대륙의 차까지, 세계 각지의 차들이 즐비했다.

"페퍼민트요. 왼쪽에서 두 번째 차 통이요."

먼지가 속눈썹처럼 덮여 있었다. 집어 들자 하얗게 손자국이 났다. 회색 통이 아니라 원래는 흰색 나무 재질 통이었다. 나는 손수건으로 먼지를 닦아 내고는 찻잎을 꺼내 끓였다. 다행히 찻잎은 곰팡이 핀 곳 없이 무사했다.

"거기 아래에 작은 마법 화로 있어요."

아래쪽 수납장에는 보석을 누르면 불이 치솟는 소형 마법 화로가 들어 있었다. 보통 연금술사들이 실험용으로 램프 대신 쓰는 물건인데, 이 남자는 그걸 차 끓이는 데 쓰는 모양이다. 나는 그걸 테이블에 올려놓았다.

"찻주전자와 컵은 왼쪽에 있습니다. 흐음, 개수대는 뒤에 있는 방으로 들어가세요."

찻주전자를 집다가 문득 내 손이 멈췄다. 찻주전자에는 새하얀 호랑이가 그려져 있었다. 은색 호랑이, 이 문양은 특별한 의미가 있다. 은색 호랑이는 알타미르 왕국의 천년왕을 상징한다. 결코 아무나 사용할 수 있는 문장이 아니며, 허락되지 않은 사람이 함부로 이 문장을 사용하게 되면 그것만으로도 반역으로 치부된다.

'뜨거운 물을 붓자마자 반역죄가 되는 찻주전자라니.'

누가 신고하면 삼대가 멸할 일이다. 물론 내가 있는 곳은 영웅의 요람인 알테리온가고, 알테리온 가문과 전쟁을 벌일 간 큰 인간은 없지 싶다만… 여기는 알테리온 땅도 아니고 타국, 천년왕의 영토가 아닌가?

"아직 멀었습니까?"

다른 주전자를 찾아봐도 이것밖에 없다. 왜 이 남자가 이런 왕실 전용 다기를 가지고 있는지 알 도리가 없었다. 결국 나는 겁도 없이 주전자를 집어 들었다.

'끓는 물을 부으면 반역죄, 끓는 물을 부으면 반역죄, 끓는 물을 부으면……'

아, 울고 싶다.

다행히 부엌은 꽤나 잘 정돈되어 있다. 성 알타미르 도시 왕국답게 우물까지 가지 않고 펌프만 돌려도 물이 나왔다. 나는 펌프를 틀고는 찬물에 다기들을 씻었다. 씻으면 씻을수록 도자기를 덮던 먼지가 사라지며 새하얀 호랑이가 더욱 또렷해졌다.

흰 다기에 하얀 호랑이, 윤곽은 금색으로 그려 놓았는데 자세히 보니 도자기 표면에 진짜 금을 박아 넣은 호사스럽기 그지없는 찻잔이다. 단순히 왕이 하사하는 물건이 아니라 왕 본인이 써도 손색이 없을 만큼 대단한 물건이었다.

남자의 그곳에 니킥을 날리고 차를 끓여 주는 날이 올 줄은 몰랐다. 그것도 왕의 인장이 박힌 찻주전자에다가.

쟁반에 씻은 다기들을 담아 밖으로 나오니 남자는 긴 담뱃대를 꺼내 불을 붙이고 있었다. '헤르쉬'라고 부르는 마법 약초인데, 두통약으로 쓰는 용도지만 너무 마시면 사람이 술에 취한 것처럼 몽롱해지고 약간의 환각 효과가 있다. 그걸 숫제 담배 대신 말아 넣어서 뻐끔거리고 있다니.

'진짜… 너무하네.'

술, 여자, 이제는 헤르쉬인가?

남자는 소파에 길게 누워 아랍풍의 긴 담뱃대를 혀끝으로 핥는다.

가지가지 하는 사내다. 오만 정이 다 떨어질 것 같았다.

만약 어머니가 봤으면 멍석말이해서 영지 밖으로 내버렸을 거다. 그래도 상대는 성 불구 환자이자 거래처 상대다.

화로 위에 주전자를 올려 넣고 물이 끓을 때까지 기다린다. 내가 물었다.

"다친 곳은 괜찮으세요?"

남자가 대답했다.

"백호에 불을 붙였으니 드디어 아가씨도 반역도가 되셨군요? 이 앙큼한 반역자 같으니라고."

저 판판한 면상에 죽빵을 갈기고 싶은 욕망이 밀려온다. 나는 그의 두개골을 해체했다가 재조립하는 상상을 하며 찻물을 잔에 따른다. 연둣빛 페퍼민트 티가 상큼하게 비강을 적신다. 오래됐지만 꽤 좋은 찻잎을 쓴 모양이다. 찻잔을 남자에게 밀었다.

"치료사를 불러야 하지 않을까요."

"그 돈은 아가씨께서 지불하시고요?"

돈은 솔직히 말하면 없다. 내가 있는 알테리온 가문은 무예로 유명하지 돈으로 유명한 곳이 아니다. 영지는 작고 특산품이라곤 몬스터 가죽이랑 감자와 옥수수밖에 없는 곳이다. 가지고 있는 옷의 대부분은 내가 만들거나 하녀들이 직접 만든 것들뿐이다. 그런 시골 영지에서 어머니랑 대판 싸우고 뛰쳐나왔는데 변변한 용돈 한 푼 들고 있을 리도 없었다.

이윽고 남자가 말했다.

"괜찮습니다. 이상은 없네요. 대신 살다 살다 이런 죽을 만한 고통은 처음 느껴 봤는데, 그거에 대한 배상은 나중에 해 주셔야겠습니다. 몸. 으. 로."

나는 웃으며 테이블 모서리에 힘을 주었다. 고작 악력만 으로 테이블 모서리가 가루가 되었다.

"뭐라고요?"

내 말에 그가 답했다.

"사, 살려주세요."

그래. 그러셔야지.

"…저어, 이 가게 주인분은……?"

남자가 당연한 걸 묻느냐는 듯 어깨를 으쓱했다.

"접니~다."

억양이 마치 노래를 부르는 것처럼 리듬을 탔다. 높은 톤의 미성인데 기이한 억양까지 더해지니 무슨 연극 배우의 노래처럼 들렸다.

남자는 헤르쉬를 들이키더니 내 얼굴에 탁 뱉는다.

쿨럭, 쿨럭.

기침을 내뱉었다. 남자는 가는 눈을 뜨고 나를 위아래로 훑어보았다.

"제게 그런 용무로 오신 게 아니면 일 때문에 오신 거겠군요?"

첫 인상이 모든 것을 결정한다지 않던가. 내 첫인상은 아무리 좋게 말해도 악연 그 이상도 그 이하도 아니었다. 거기다가 기분 따라 행동한다는 주인 아니던가.

'그래도 도박을 해야 할 때.'

이 사람 외에 거래를 해 주는 이는 없다. 어쩔 수 없다. 거절당하면 그때 가서 생각하면 될 일이다. 더 이상 뒤로 물러날 곳조차 없다. 나는 돈이 필요했고, 재료도 필요했다.

미리 준비해 둔 검을 뽑았다. 검이 검집을 스쳐 지나가며 맑은 소리를 만들었다.

테이블 위에 롱소드를 내려놓는다. 일반적인 롱소드보다는 좀 더 폭이 굵고 검신은 손끝부터 어깨까지의 길이다. 남자는 심드렁한 표정으로 검을 내려다본다.

"잘 만든 철검이군요."

"제가 만들었습니다."

남자의 눈에 이채가 서린다.

남자는 담뱃대를 들어 검면을 두드렸다. 묵직한 소리가 댕— 울렸다. 도무지 저 낡은 담뱃대로 쳤다고는 믿어지지 않을 정도로 무거운 중량감이다. 그가 말했다.

"검면, 혈조에 써 놓은 Kai는 본인의 사인인가요?"

"네."

"혈조에 박아 넣다니 기이하군요. 인간보다는 신수들이 많이 하는 방식이죠. 그것도 마력으로 신체를 강화시키는 종족들. 선철, 아니 그 이후 단계에서 박아 넣은 거군요."

그걸 한 번 보는 것만으로 알아내다니 남자의 지식의 수준은 꽤나 깊었다.

그의 목걸이가 작게 짤랑였다. 참으로 기이한 은색 머리칼이다. 단순히 나이가 들면 생기는 흰 머리칼과는 많이 달랐다. 빛을 받으면 크림빛을 반사하다가 어둠 속에 잠기면 푸른빛으로 변한다. 부드럽게 변하는 색감이 달콤했다.

문득 그의 머리카락을 가지고 싶다는 생각이 들었다. 저 색의 검을 만들어 보고 싶다고, 그 칼날에 입술을 맞춰 보고 싶다고. 그리고……

'내가 무슨 생각을!'

나는 고개를 휘휘 저었다.

눈앞에 있는 이 가게의 주인은 비스듬한 눈으로 이쪽을 한참이나 바라보았다. 무슨 생각을 하는 걸까? 무기질의 망막이 유달리 차갑게 느껴졌다. 이윽고 남자는 새빨간 입술을 벌려 음탕하게 웃었다.

"검은 두고 가시죠. 답변은 조만간 드리겠습니다. 아, 주소는 여기에 적어 주시죠."

남자가 흰 종이를 내밀었다. 그저 거처만 적으면 될 일이다. 펜촉이 종이를 파고드는 감촉이 따끔거린다.

'왠지 기분이……'

불길함이 밀려온다. 저 남자에게 주소를 넘겨도 되는 일인지 모르겠다. 확실한 건 이 남자는 아직 나와 거래를 할지 하지 않을지 밝히지 않았고, 다만 내가 만든 칼 한 자루를 받고 내가 사는 곳 주소를 요청한 게 전부였다.

그동안 연습 삼아 만든 칼이 한두 자루가 아닌데 그까짓 롱소드 하나 넘기는 것은 어려운 일이 아니다. 그러나 왠지 그보다 더 중요한 것을 팔아넘기고 있는 것 같은 이 기분은 뭐지.

마지막 마침표를 적고는 펜을 종이에서 뗐다. 그는 잉크가 마르기도 전에 내 주소를 가져간다. 탯줄이 잘린 갓난아기처럼 새하얀 종이는 그의 손 안에서 구겨진다.

남자는 여전히 경쾌하고 웃는 목소리로 말했다.

"자, 그러면 곧 또 뵙도록 하지요."

불길한 예감이 콧등 위로 산처럼 쌓여만 간다. 안 된다. 내가 비록 그에게 죽음보다 더한 짓을 할 뻔했고, 거기다가 음… 누구보다 거래처가 절실한 약자의 입장이라고 해도 말이지, 벌써부터 남을 의심하는 건 나쁜 버릇이다. 그래도 내 칼을 진지하게 봐주지 않았던가.

나는 불안감을 억지로 털어내고는 의자에서 엉덩이를 뗐

다.

"그러면 잘 부탁드립니다."

남자는 그제야 내게 악수를 청했다.

"엘, 엘이라고 합니다. 성은 없고요."

한 글자라니, 괴이한 이름이다. 거기다가 성도 없는 걸 보아하니 평민 출신인 모양이다. 나는 그의 손을 맞잡았다.

"카이라고 불러 주십시오."

나 역시 굳이 가문 이름을 붙일 이유는 없을 터, 그냥 내 이름만 댔다. 남자의 손은 굳은살 하나도 없이 부드러웠다. 평생 힘든 일이라고는 한 적 없는 사람 같았다. 나를 바라보던 엘의 목이 살짝 꺾인다. 이윽고 그가 속삭였다.

"피를 부르는 검에 좋은 인연이 닿기를."

유리문 밖으로 그때 보았던 새카만 고양이가 야옹, 울며 지나갔다.

돌아올 때는 이미 해가 뉘엿뉘엿 저물고 있었다. 나는 석양을 등으로 받으며 걸었다. 푸른 원피스는 엉망으로 구겨졌고, 내 손목에는 낯선 남자 놈의 손자국이 남아 있다. 참 기이했다. 그렇게 가벼운 체구인데도 나를 내리누를 때는 자신의 몸무게 몇 배는 되는 무게로 눌렀다. 오빠가 날 깨울 때도 이렇게 저항하기 어려운 적은 없었다.

거기다가 목 뒤로 아직도 남자의 손길이 달라붙어 있는 것 같았다. '엘'이라니 참 무성의한 이름이다. 진짜 이름이 맞긴 한 걸까?

나는 고개를 휘휘 저으며 계속해서 걸어갔다.

그때 골목, 까만 고양이가 나를 바라보더니 작게 울었다. 올 때 길목에서 만났던 그 고양이다. 소름이 도로 돋을 것 같았지만 나는 고양이를 무시한 채로 계속 앞으로 걸어갔다. 그렇기에 몰랐다. 아니, 무의식이 애써 눈치채지 않으려고 노력한 걸지도 모른다.

고양이가 완전히 사라질 때쯤 나는 그제야 뒤를 돌아보았다. 땅거미가 내려앉은 골목 위로 고양이의 붉은 발자국이 꽃잎처럼 피어났다.

그게 사람 피라는 것을 깨닫기까지 참 오랜 시간이 걸렸다.

7.

"엘, 엘이란 말이지."

아카넬 대공은 내 말을 듣고 한참이나 생각에 잠긴다. 새카만 머리카락이 그의 얼굴 옆으로 흘러내렸다. 나는 그를 향해 정권을 내지른다. 그는 가볍게 지팡이를 들어 내 주먹을 막는다. 나는 꽉 쥐었던 주먹을 풀어 충돌하는 순간 손바닥으로 충격을 밀어 넣는다.

퉁!

지팡이가 끊어질 것처럼 휘어지더니 원래 모습으로 돌아온다.

'괴…물.'

타격이 아니라 충격 그 자체를 밀어 넣었다. 마력까지 담아서 넣은 정타다. 이건 보통 사람이 100미터는 날아가 처박혔을 충격이었다. 마력을 어설프게 배운 검사라면 억지로 막으려다가 충격이 검을 타고 손목으로, 그 다음 내장을 흔들어 칠공으로 피를 토했을 일격이었다. 그러나 지팡이도 남자도 무사하다.

오히려 숨찬 기색 하나 없는 저 태도라니.

아카넬 대공이 말했다.

"마음에 안 드는 이름이군."

"그거야 제가 알 바 아닙니다."

나는 그대로 대공의 지팡이를 붙잡아 유권을 날렸다. 힘으로 남자를 메치는 게 아니다. 다리와 허리가 만들어 내는 탄력으로 메치는 거지. 과연 남자의 몸이 한 번 공중에 붕 뜬다. 이대로 처박아 버릴 생각이다.

탕!

그러나 내 기대와는 정반대로, 아카넬은 다리로 멀쩡히 착지한다. 아, 빌어먹을. 아무래도 아직 내 실력으로는 무리인 모양이다.

"너야말로 왜 그리 검을 만드는 데 신경 쓰는 거지? 아녀자면 그저 나와 혼인하는 게 편한 일일 터인데?"

"제가 뭘 원하는지 아실 겁니다, 대공. 결혼을 해도 대장간 일을 할 수 있나요?"

"……."

그는 대답이 없다. 당연했다. 아르노크의 가문의 안주인이 대장간 같은 하층 남자들이나 하는 일을 직접 하고 있다는 걸 사람들이 알게 되면 뭐라고 할까.

영애와 안주인은 엄연히 다른 위치다. 사교계에서는 아르노크 부인이 밤이면 밤마다 대장간에서 남자들과 뒤엉켜 뭔가를 하고 있다고 씹어 대겠지.

"그대의 아버지에게 당부를 받은 게 있다."

"그게 뭐죠?"

그는 대답 대신 내 목덜미를 손가락으로 쿡 찌른다.

흐앗, 나는 깜짝 놀라 한 손으로 뒷목을 감싼다. 그러자 대공이 지팡이로 내 다리를 걸어 엎어뜨린다.

쿵!

등이 땅에 부딪친다. 키스마크. 그때 엘이 남긴 그 자국이 아직도 남아 있다.

그런데도 의외로 그는 그것에 대해 화를 내지도 추궁하지도 않았다. 오히려 꼬박꼬박 내 숙소까지 와서 이렇게 대련 상대를 해 주는 걸 보면…… 대체 이 남자가 무슨 생각인지 내 머리로는 모르겠다.

그 이후로 엘에게서의 연락은 오고 있지 않았다. 역시 퇴짜인가? 생각해 보면 그런 첫 만남이 있었는데 나한테 일을 준다는 게 말이 안 되는 일이긴 하다. 내가 가게 주인이라고 해도 내게 그런 짓을 한 놈에게 일거리를 안겨 주지는 않을 성싶다.

'아구구, 등이야. 엉덩이 아파라.'

낙법을 잘못 취한 것 같다. 하늘과 땅이 뒤집혀 있다. 아마 내 몸이 거꾸로 누워 있어서 그렇게 보이는 거지. 천장, 아니 땅을 타고 란돌프가 뛰어오는 게 보인다.

"아씨, 아가씨!"

나는 억지로 몸을 일으킨다. 이제야 세상이 똑바로 보이는구나.

란돌프의 얼굴이 새파래진다.

"아가씨, 큰일 났습니다요!"

대체 무슨 일이란 말인가? 란돌프 뒤로 갑옷을 입은 병

사들이 우르르 들어왔다. 가장 화려한 갑옷을 입은, 근위대
장으로 보이는 이가 종이를 촤라락 펼치더니 나를 향해 외
쳤다.

"카이! 자작 살인 사건의 유력한 용의자로 체포한다!"

살인? 대체 왜?

너무 놀라서 아카넬을 돌아본다. 아카넬 대공이 물었다.

"도움을 원하나?"

너무 의외의 질문이다. 그가 내게 손을 내민 것이다. 나
는 간절함을 담아 그에게 부탁했다.

"제가 무고한 거 아시잖아요. 제발…… 도와주세요."

그가 경비대를 향해 대답했다.

"저 계집은 카이가 아니라 알테리온가의 카이 알테리온
영애다! 끌고 가라!"

…뭐어…라굽쇼?

대공의 허락까지 떨어지자 경비대가 내 양팔을 붙잡는
게 아닌가. 어이가 없어져서 눈만 땡그러니 뜨고 있자 그가
웃었다. 내 기억으로는 이 남자가 내 앞에서 웃는 건 이번
이 처음이었다.

"그대의 '이름을 수정하는 걸' 도와주었지 않나."

그러더니 손가락으로 내 목의 키스마크를 톡톡 두드리고
나선 지는 휑하니 가 버린다.

…생각났다. 이 남자 뒤끝 하난 오질나게 길었다. 저 사이코패스가 입 다물고 있었던 데에는 다 이유가 있는 거다.

나는 그대로 경비대에 끌려가며 이를 까드득 갈았다.

언젠가 이 원한, 열 배로 갚아 주리라.

8.

"아가씨, 왜 저항하지 않으셨습니까요? 아가씨 실력이라면 이 정도 장정쯤은 쉬이 쓰러뜨리실 텐데요."

란돌프가 나를 쫓아오며 물었다. 걸을 때마다 나무 수갑 때문에 손목이 아팠다. 제대로 사포로 다듬은 것도 아니라서 움직일 때마다 가시가 살갗을 파고들었다.

죄인은 나쁜 놈이고, 설령 내가 그런 죄를 저지르지 않았다고 하더라도 일단 의심이 되는 이상 같은 취급을 받는다.

"상대는 공권력이잖아요, 란돌프. 저는 무기를 만들러 온 거지 도망자가 되려고 온 게 아닙니다. 만약 저항하게 되면 오히려 제 죄가 확실해지고 그 다음에는 군단이 날 잡으러 올 거예요. 제 꿈은 접어야 할 거라고요. 계속 그러며 살 수 있겠어요?"

란돌프는 고개를 살짝 꺾어 갸우뚱했다.

"인간은 참 복잡하군요."

"신수에게는 신수의 법이 있듯이 인간에게는 인간의 법이 있으니까요."

살인 사건이라고 했다. 내가 자작을 살해했다고. 대체 어떻게 된 영문인지 알 수가 없었다.

그들은 나를 어두컴컴한 감옥에 밀어 넣었다. 이래 보여도 알테리온가의 영애다. 타국이라고는 하나 귀족가의 영애인 나를 함부로 고문하지는 못할 터. 확실한 증거가 나와야 한다.

란돌프가 따라 들어오려 하자 근위기사들이 창으로 막았다.

"꺼져라, 신수."

"아가씨!"

"걱정하지 말아요, 란돌프. 전 사람을 죽인 적 없으니까요. 잘 알고 있잖아요?"

그러나 란돌프는 계속해서 소리를 질렀고, 마침내 기사들에게 끌려갔다. 철문이 닫힌다. 사각형의 어둠이 창살을 타고 내 얼굴을 누른다.

쿵.

마침내 감옥 문이 닫혔다. 나는 기가 막혀서 웃었다. 지난주에는 결혼을 할 뻔하고, 이번 주에는 살인죄로 감옥에 갇했다. 이중의 어떤 것도 내가 자초해서 생긴 일이 아니었다. 그저 내 삶을 내가 살아가고자 하는 게 그토록 힘든 일일까.

나무 수갑이 내 손목을 파고들었다. 피부가 조금 벗겨진 모양이다. 가시가 너무 아프다. 차가운 벽에 등을 기대고 눈을 감았다. 오빠가 보고 싶었다. 이 검고 작은 사각형의 공간은 내게는 너무나 고독하고, 아픈 곳이었다.

피로와 공포 속에서 정신을 차려 보니 나도 모르게 노래를 흥얼거리고 있었다.

아주 오래전, 아버지가 불러 주던 작은 요정의 자장가.

동화책이 그리웠다.

이튿날, 감옥 문이 열렸다. 새빨간 머리칼을 한 남자가 또각또각, 구두소리를 내며 걸어 들어왔다. 피처럼 붉은 머리칼과 정반대로 눈동자만은 새파랬는데, 젊은 청년이었다. 옷이 화려한 걸 봐서는 꽤 높은 직책인 것 같았다.

'지위에 비해 나이가 젊은 걸 보니 높은 가문 출신의 사람일까? 아니면 능력이 유달리 뛰어나거나.'

거기까지 생각하고는 몸을 일으켰다. 옷자락을 추스르고 싶었지만 손이 묶여 있어서 그마저도 불가능했다. 그가 나를 보더니 코웃음을 쳤다.

"흥, 알테리온가의 영애라 하여 와 보았더니 영락없는

용병 차림새군."

어쩔 수 없잖은가. 나는 끌려가기 전까지 그 망할 공작
나으리와 정답게(?) 몸을 단련하던 중이었으니까. 그런 자
리에서 팔랑거리는 드레스를 챙겨 입고 운동을 할 수는 없
지 않은가.

그렇다고 해도 용병이나 창부도 아닌 이름 있는 집안의
레이디가 사내와 함께 주먹다짐을 한다는 것 자체가 사교
계에서 십 년은 가십거리로 써먹힐 일이다. 나는 숨을 작게
몰아쉬었다. 그렇다고 나 자신을 부정할 수도 없는 일.

"상황이 그리하여 의관을 정제하지 못했습니다. 양해를
부탁드립니다."

…라고 속눈썹을 내리깔고 단정히 대답하는 수밖에는 없
다. 그가 손을 뻗어 내 턱을 붙잡는다. 쳐 내고 싶지만 손은
이미 수갑으로 꼼짝을 할 수가 없었다. 그의 크고 거친 손
이 내 턱을 붙잡아 자기 쪽으로 잡아당긴다. 그가 내 얼굴
을 마치 물건을 보듯 훑어본다.

이미 이건 한 가문의 영애가 아닌 살인을 한 죄인을 대하
는 태도다.

"과연 미색은 대단하군. 그 미모로 자작을 홀려 죽였나?"

내게는 주먹이 있다. 굳이 미모까지 갈 것 없이 내 장타
면 어지간한 귀족 나리는 내장을 터뜨려 죽여 버릴 수 있었

다. 그러나 그런 소리 내뱉어봐야 범인 확정이겠지. 그렇다고 부정한다고 해 봐야 지금 이 태도를 봐서는 추궁만 심해질 것 같았다. 나는 그에게 질문했다.

"누구십니까?"

"무지카 폰 마이어하트. 남부 지구를 맡고 있는 적호 기사단장이다."

아, 적호 기사단을 맡고 있는 기사단장이라 머리를 빨갛게 물들이고 있는 건가…라고 말하면 실례겠지. 성 알타미르는 도시국가긴 하지만 그 크기가 내가 있는 알테리온 영지의 4배가 넘을 정도로 크다. 그래서 동부, 서부, 남부, 북부 네 개의 기사단이 치안을 유지하고 있는데 내가 있는 곳인 남부는 크림슨 타이거, 즉 적호(赤虎) 기사단이 맡고 있다.

그는 푸른 눈으로 내 얼굴을 다시 꼼꼼히 뜯어보더니 그제야 내 턱에서 손을 뗀다.

"살인 현장에서 이게 발견되었다. 범인의 목에 꽂혀 있더군."

그가 검을 꺼내 내 앞에 던졌다. 한눈에 봐도 알 수 있었다. 저건 내 철검이다. 내가 만든 철검, 이니셜도 또렷하게 새겨져 있었다. 그런데 저건 분명히……

'엘에게 견본 삼아 준 칼인데?'

머리가 어지러웠다. 대체 엘에게 준 칼이 어째서 살인 현장에서 피해자 목에 다소곳이 심어져 있는지 내 머리로는 알 길이 없었다.

"이건 함정이에요!"

내 말에 그가 대답했다.

"다들 그렇게 이야기하지. 카이 알테리온 양."

"아니, 그게 아니라. 저 칼은 제가 어제 가게에 맡긴 칼이라고요!"

어느 미친놈이 사람 죽여 놓고 지가 만든, 자기 이니셜 박힌 칼을 버젓이 범행 현장에 두고 오겠는가. 이미 이건 상식적으로 말이 안 되는 일이 아닌가!

"함정입니다. 제가 바보도 아니잖아요."

"그건 모르는 일이지, 알테리온 영애. 모든 가능성을 조사해 봐야 하는 게 우리 일이니까. 그대가 범인이 아니라는 증거를 댈 수 있겠나?"

"가게 주인을 불러 주세요! 그 사람이 알 거예요."

손끝이 덜덜 떨린다. 그는 내 수갑을 잡아당겼다. 그 힘에 밀려 철창에 그만 머리가 부딪쳤다. 아프다. 그는 거칠게 손을 뻗어 내 턱을 붙잡는다.

"그 예쁜 얼굴로 소리 지르면 늘 누군가가 그대의 말을 믿어 줬겠지."

아프다. 그의 손아귀에 내 얼굴이 부어오르는 게 느껴진다. 나는 오히려 그를 노려보았다.

나는 어릴 적 어두운 산길에서 곰을 만난 적이 있었다. 어머니는 내게 십자수와 사교댄스를 가르치려 했고, 그게 싫어 집을 뛰쳐나왔던 시절이었다. 나는 약했고, 무력했다.

어둠 속에 보이던 곰은 산처럼 거대했다. 그 곰이 나를 바라보며 물었다. 내가 충분히 약한지. 내가 자신의 먹이로 적당한지. 자신을 두려워하는지.

산에는 비가 내렸다. 어둠 속에서 곰의 차갑고 노란 안광만 번쩍였던 걸로 기억한다. 나는 단검을 들어 곰을 노려보았다. 눈물이 날 것 같았지만 울지 않았다.

만약 내가 거기서 두려워했다면, 그때 곰을 노려보지 않았다면, 공포심에 조금이라도 눈을 깜빡였다면.

그 곰은 그게 '대답'이라고 느꼈으리라.

내가 가는 길은 늘 그랬다.

거기에 여자다움과 아름다움 같은 건 아무래도 상관없었다. 나는 연약함을 증오해야 했다. 가련함을 혐오스러워해야 했다. 그게 내가 가려던 세계였으니까.

내 인생에서 그때보다 두려운 일은 단연컨대 단 한 번도 없다. 그 어두운 밤, 별빛보다 희미했던 내 앞에 나타난 그 커다란 곰을 만났던 일보다 두려운 일은 존재하지 않았다. 그렇기에 나는 여태껏 앞으로 나아갈 수 있었다. 그렇기에 지금 이 순간에도 나를 속박하고 있는 그를 정면으로 쳐다볼 수 있었다.

"안전한 철창 밖에서 수갑까지 찬 사람을 상대하는 꼴이 재미있군요. 혹시 제가 무서우십니까?"

내 말에 그의 푸른 눈동자가 흔들리는 게 느껴진다. 나는 그에게 되물었다.

"예쁜 얼굴이라 비웃지만 실은 아름다운 여인을 두려워하시는 건 아니십니까."

그 말이 끝나기가 무섭게 남자의 발길질이 내 배를 후려친다.

퍽!

내 몸이 바닥을 구른다. 무지카라고 했던가. 나는 그의 손끝이 동요로 작게 떨리는 걸 놓치지 않는다.

"가게 주인을 불러 주십시오. 제대로 조사도 하지 않고 범인으로 몬다면 제 오빠도, 제 아버지도 용서치 않을 겁니다."

"감히 네년이……!"

"아름다운 여자라서 주장하는 게 아닙니다. 여기는 비록 타국이라고 하나 저는 알테리온 가문의 여인이고, 결혼을 하지 않은 이상 가문의 보호를 받는 이입니다! 아카넬 아르노크 공작의 약혼자이기도 합니다. 아니, 그런 걸 다 무시하더라도 이곳에 찾아온 방문객으로서 제 권리를 말하고자 하는 겁니다."

파혼은 할 거지만 일단 약혼자이긴 하다. 그 대공 놈은 나를 감방에 처넣었지만, 나는 이용할 수 있으면 얼마든지 이용할 생각이다. 과연 내 가문 이름보다 아르노크 공작 각하의 이름이 더 크게 먹힌 건지 그의 망설임이 커져 갔다.

나는 두려움을 억눌렀다. 절대로 포식자 앞에서 무서워하면 안 된다. 그건 어떤 '대답'이 된다. 그리고 한 번 대답을 한 사람은 두 번 다시 돌아올 수 없다. 그걸 알기에 나는 단검을 꺼내 드는 대신 그에게 짧은 단어를 내뱉었다.

"어서!"

9.

그가 떠난 이후에 다리가 풀렸다. 공포로 한참이나 몸이 움직이지 않았다. 공포 때문인지 허벅지 안쪽 근육이 작게 경련했다. 이대로 탈진하지 않기 위해 벽에 등을 붙이고 몸을 웅크렸다.

정신을 다잡아야 했다. 이런 곳에서 약해졌다가는 끝일 테니까. 그렇게 나는 다시 한참이나 어둠 속에 홀로 있어야만 했다.

그 기사단장이 엘을 불렀는지 부르지 않았는지는 모르겠다. 창살 밖의 빛을 보며 날짜가 지나간다는 것만 겨우 알 수 있었다. 그리고 며칠 후, 감옥 문이 열렸다. 갑옷 입은 기사들이 와서 감옥 문을 열고는 내 족쇄를 풀었다.

"카이 알테리온, 무죄가 판명되었다."

"후우."

문틈으로 새어 나오는 바람이 이렇게 감사한 존재인지 몰랐다. 밖으로 나왔지만 기사들은 내 수갑은 끝내 풀지 않았다. 무슨 일인가 싶어 옆을 돌아보니 복도 밖에 새빨간 머리칼이 흔들리는 게 보였다. 무지카 경이다.

그쪽으로 걸어가려 하자 기사들이 창을 들어 나를 막았다. 눈을 가늘게 뜨고 자세히 보니 아카넬 대공도 그의 곁에 있었다. 두 사람은 뭔가 대화 중이었는데, 무지카는 이마를 찌푸리고 흥분해서 소리를 지르고 있는 것에 비해 아카넬 대공은 평소의 그 신경질적인 무표정으로 그의 말을 담담히 듣고 있었다.

마치 경비병들은 '네가 알 만한 세계가 아니다' 라는 듯이 나를 붙잡고 그쪽으로는 가지 못하게 막았다.

아마 내가 여기서 아카넬 대공의 이름이라도 불렀다가는 다시 감옥에 도로 집어넣을 것만 같았다. 그렇게 한참을 기다리고 나니 이윽고 무지카 경이 아카넬 대공에게 열쇠를 건넸다.

마지막까지 못마땅한 모양인지 욕설 비슷한 것을 내뱉은 모양이다. 묵묵히 그 말을 다 받은 대공은 지팡이를 들더니 무지카의 턱을 툭 쳤다. 겉으로 봤을 때는 가벼운 장난이다. 그러나 나는 대공의 공격을 익히 알고 있다. 겉으로 보았을 때 별것 아닌 공격일수록 충격이 더 실려 있는 경우가 많았다.

과연 무지카의 몸이 휘청거린다. 이윽고 대공이 입을 열었다. 작은 중얼거림인데도 그 말만은 여기까지 똑바로 들렸다.

"어리군."

무지카의 분노 섞인 고함이 뒤이어 들린다. 대공은 그를 무시하고는 이쪽으로 걸어온다. 남자의 새카만 머리카락이 칼날처럼 서늘하다. 그는 나를 향해 수갑 열쇠를 던진다.

'엇!?'

나는 엉겁결에 열쇠를 받았다. 그가 지팡이를 어깨에 걸치고는 나를 향해 말했다.

"자기 손으로 열쇠 정도는 돌릴 수 있겠지?"

하긴, 나의 공작님께서는 감옥에 갇혀 지친 레이디를 안고 가기는커녕 열쇠 하나 휙 던져주고 알아서 빠져 나오라고 하실 분이시지.

역시나 벌써 저만치 휘적휘적 걸어가고 계신다. 대공씩이나 돼서 호위기사 하나 대동하지 않고 다니다니. 실력에 자신이 있는 건지 어쩐 건지.

철컥.

수갑이 가볍게 풀린다. 내내 같은 자세만 취했던 데다 제대로 씻지도 못한 덕분에 몰골이 말이 아니다. 아니나 다를까, 이 조금 걸었다고 벌써 다리 근육이 욱신거린다. 좁은 감방에서 거의 움직이지 않았더니 벌써 근육통까지 생겼다. 나는 손을 탁탁 털며 통통 다리를 굴렀다. 그가 뒤를 돌아보더니 이런 내 모습에 혀를 찼다.

"방정맞기는."

어쩌라고. 나는 근 일주일을 한 평도 안 되는 감방에 갇혀 살았다고? 바로 요조숙녀 걸음걸이를 할 수 있을 리가 없잖아?

'그 전에 하고 싶지도 않고.'

나는 숨을 크게 몰아쉬며 바깥 공기를 들이켰다. 그러고는 고양이처럼 몸을 쭉 펴서 스트레칭을 했다. 근육이 풀리기가 무섭게 대공 각하를 향해 덤블링을 했다.

다 큰 여자가 대낮에 이런 광대 같은 짓이라니!

어머니가 봤으면 이마를 붙잡고 기절하셨을 거다. 그러나 이 정도는 하지 않고는 못 견딜 지경이다.

바닥에 부츠 밑창이 탁 닿는다. 오빠가 봤다면 고양이과 맹수 같다며 감탄했을 묘기다. 대공이 나를 슥 쳐다보았다.

"그래서 이번에 교훈을 좀 얻었나?"

"음… 세상 믿을 놈 하나도 없다는 거?"

그가 지팡이 머리로 내 이마를 톡 때렸다. 아까 무지카 기사단장에게 했던 것과는 비슷하지만 전혀 달랐다.

가슴 한구석이 간지러워지는 아주 작은 제스처.

그가 말했다.

"엘이라고 했나? 그 검을 맡긴 가게 주인."

"네."

"가깝게 지내지 않는 게 좋을 거야."

"……"

가깝게 지내고 말고를 떠나 이미 내가 그에게 칼을 맡겼고, 그게 다른 사람 목에 꽂혀 있다는 것 자체가 재앙 아니던가. 대공이 물었다.

"무기 만드는 걸 포기할 생각은?"

"없습니다."

나는 딱 잘라 대답했다. 그는 목을 비스듬히 꺾고는 나를 곁눈질한다. 때때로 그가 아무런 표정도 없이 나를 이렇게 바라볼 때가 있는데, 그때마다 뱀이 내 목을 감는 기분이 들곤 한다. 나는 시선을 피한다. 그러나 여전히 목덜미가 서늘하다. 그가 다시 묻는다.

"순순히 부인이 될 생각은?"

"…없습니다."

"배운 교훈이라곤 전혀 없군. 하긴 감옥에 갇혔다고 겁먹고 포기할 인물이 아니지."

"알면서 그러신 겁니까?"

"확인이란 게 필요했거든. 거기다가 기사들이 몰려왔을 당시에 무턱대고 내 권위를 내세워 체포를 막았다가는 그쪽의 의심만 더 가중시켰을 테고 네 처지는 더욱 안 좋아졌겠지."

거기까지 계산했다는 건가.

"무지카는 포기를 모르는 자다. 무죄라면 원 없이 조사하게 놔두는 편이 나아."

"만약 유죄라면, 제가 진짜 살인마였다면요? 그래도 보냈을 겁니까?"

그는 대답 대신 지팡이를 들고 내 턱을 올려 친다. 아까와 동작은 똑같지만 직감할 수 있었다. 저 공격을 맞으면 위험하다. 나는 그의 공격을 피하는 대신 주먹으로 똑같이 맞받아친다.

타앙!

역시나 맞았으면 위험한 공격이었다. 대공이 말했다.

"감은 녹슬지 않았군."

대체 이 남자, 무슨 생각인지 전혀 모르겠다.

휘적휘적 앞서나가던 그가 문득 걸음을 멈추고 뒤돌아보
았다.

"…보내지 않아. 절대로. 그게 내 대답이다."

그러고는 한마디 덧붙였다.

"보아하니 그 성미에 찔리는 게 있으면 알아서 감옥 부
수고 나올 것 같지만."

알긴 아시는군.

10.

내가 풀려난 이유는 간단했다. 내가 갇혀 있는 사이에 같
은 수법의 살인 사건이 두 건이나 더 생긴 것. 연쇄살인마,
그것도 제법 작위 있는 귀족들의 시체들이 발견되다 보니
일대는 흉흉하다.

이게 그냥 의적이라고 말하기도 오묘한 것이, 피해자 중
에는 가난한 이들을 위해 재산을 푸는 자선 사업가들도 섞
여 있어 더욱 불안감만 부추기고 있다.

경비병은 그 살인마를 '롱소드 킬러'라고 이름 짓고는

더욱 경비를 강화하겠다고 발표했지만, 분위기만 더 흉흉해지고 있다.

그동안 나는 공작의 경고에도 불구하고 결국 엘의 가게에 다시 발걸음을 돌리게 되었다.

솔직히 말하면 이렇게 억울한 일을 당하고 나니 그놈에게 한 방 날려 주지 않으면 못 참을 것 같았다.

'그래도 일단은 평화적(?)으로 대화를……'

거래처인데 쥐어 패는 짓은 삼가야겠지. 그렇다고 나한테 그런 짓을 한 놈을 가만히 내버려 두면 그게 호구다.

적어도 내 칼이 왜 거기에 가 있는지 듣기라도 해야 하지 않나.

만약 내가 갇혀 있는 사이에 살인 사건이 일어나지 않았다면 꼼짝없이 교수형행이라고?

적호 기사단은 다른 건 몰라도 정의 집행을 위해서라면 재판도 없이 즉결 처분도 서슴지 않는 걸로 유명하다.

'후우.'

나는 가게 앞에서 크게 심호흡을 했다. 억울한 게 있으니 들이받을 생각이다. 물론 가급적 '평화적'으로. 그 자식은 내게 빚이 있으니까.

나는 문을 벌컥 열었다.

"실례합니다!"

그러나 가게 안에는 여전히 아무도 없었다.

'이놈의 가게는 도둑도 안 드는 거냐?'

그 자식은 또 집을 비운 거냐. 아… 짜증이 밀려온다.

문지방을 타고 가게 안으로 달그림자가 길게 져 있었다. 도착하니 밤이다.

'어쩌면 자고 있는 걸지도.'

감옥에서 나오자마자 그 거리를 걸어왔으니 이미 해는 떨어진 지 오래다.

그렇다고 예의 차리자고 기다릴 수도 없는 일이다.

주먹질은 안 해도 멱살은 잡아야 하는 거 아닌가.

그때 위층에서 물소리가 들렸다. 나는 사다리를 붙잡고 위층으로 올라갔다.

2층은 1층보다 더욱 크고 넓었다. 기이했다. 밖에서 봤을 때는 무척이나 좁은 2층 건물이었는데, 막상 올라와 보니 이건 어지간한 건물 크기보다 넓지 않던가?

'공간 확장 마법이 있다고는 들었다만…….'

귀족들, 그것도 극소수의 귀족들이나 쓸 정도로 희귀한 마법이다. 얼마나 희귀한지 그 마법을 집에 설치할 바에는 그냥 그 돈으로 땅을 사서 넓은 건물을 짓는 게 백배는 이득일 정도로 희귀한 마법이다.

2층에는 책들이 무질서하게 쌓여 있었다. 침대 위로 빈

대가 기어 다녔는데, 얼마나 이불보를 빨지 않았는지 보는 내가 다 가려워질 정도였다. 사람이 사는 곳 같지가 않았다. 그러다가 문득 발목에 축축한 것이 걸렸다. 집어 드니 피 묻은 옷이었다.

'피?'

옷에 흠집이 없는 걸 보니 본인의 피는 아니다. 타인의 피였다. 혈흔을 봐서는 치사량에 가까운 피를 쏟은 셈이다.

물소리는 계속해서 들렸다. 이건 누가 봐도 샤워 펌프 소리였지만, 그건 그다지 놀랄 만한 건 아니었다. 이 도시는 수로 정비가 잘 되어 있어서 집집마다 목욕 시설이 잘 갖춰져 있으니까. 다만 문제는 저 샤워를 하고 있는 상대가 피 묻은 옷의 주인이라는 거고, 그게 누구냐는 거지.

문득 연쇄살인마 '롱소드 킬러'가 떠올랐다.

이 밤중에 몸이 피로 범벅이 될 만한 짓을 저지르고는 기사단을 부르는 대신 샤워실에서 피를 씻고 있다면 누가 봐도 이상하게 느낄 상황 아닌가.

나는 발끝으로 살금살금 샤워실 쪽으로 걸어갔다. 때에 따라 무력을 사용하는 일이 있을지도 모르겠다.

각오를 하고 샤워실 앞에 다다르자, 동시라고 해도 좋을 타이밍에 문이 벌컥 열렸다. 엘의 얼굴이 바로 내 눈앞에서 나타났다. 벌거벗은 그의 몸에 나도 모르게 소리를 질렀다.

주먹도 날렸던 것 같다. 엘이 크게 당황한다.

"우왓!"

그가 내 손목을 붙잡는다. 그러다가 욕조 타일에 발이 미끄러진다. 그의 커다란 몸이 내 앞으로 쓰러진다. 덩달아 나도 비명을 지르며 뒤로 엎어졌다.

쿵!

벌거벗은 근육질의 미남자가 한 여인을 양팔로 가두고 누워 있는 상황이다. 누가 보면 참으로 로맨틱한 상황이라고 말할 수 있겠지만, 한쪽은 방금 전까지 누군가의 피로 범벅이 되고 나서 샤워하던 중이었고 다른 한쪽은 얼마 전까지 그 연쇄 살인마의 누명을 쓰고 감방에서 일주일 정도를 썩다 나왔다.

아무리 좋게 말해도 악연이다.

"……."

"……."

그와 나, 둘 다 얼어붙은 상태로 한 마디도 하지 못했다. 흐린 빛 아래로 비친 남자의 몸은 근육으로 차 있었다. 그냥 근육이 아니다. 표범같이 탄력 있는 근육.

나 역시 그게 무엇을 뜻하는지 알고 있었다.

'전사의 몸.'

기사의 근육이 아니다. 용병의 근육이다. 하루 세끼 죽음과 춤을 추는 사람들이나 갖는 근육이다.

그런데 어째서? 지난번에 내게 사타구니를 맞았을 때는 싸움이라고는 하나도 모르는 사람 같았다. 화류계 여인들을 양 팔에 끼고 걸어갈 때조차 운동이라고는 숨쉬기 운동밖에 안 하는 사람 같았다.

그의 은색 머리칼 위로 물방울이 툭툭 떨어진다.

그가 낮은 목소리로 말했다.

"이런이런, 설마하니 그런 짓을 겪고도 제 가게에 다시 올 줄은 몰랐는데 말이죠."

기사들에게 끌려간 사실을 알고 있는 모양이다. 아니, 아는 게 당연했다. 내 칼을 조사했을 때 분명히 엘의 가게도 조사했을 테니까.

나는 그에게 '롱소드 킬러'가 당신이냐고 묻고 싶었다.

심지어 그 질문이 목구멍까지 올라왔다. 그러나 입술이 떨어지지 않았다. 그래도 물어야 했다. 억지로 목소리를 내서 입천장으로 말을 빚어냈다.

"…그 피는 뭐죠?"

"……."

내 질문에 그는 대답하지 않았다. 그저 생기 있는 금빛 눈동자로 나를 바라보았다. 기이했다. 일전에 그의 눈을 보았을 때는 마치 다 타 버리고 난 숯 같았다. 시체도 그보다는 생기가 있었으리라. 그러나 오늘 그의 눈은 달랐다. 눈 안쪽 깊은 곳이 색정적으로 빛났다. 살아 있었다.

이윽고 그가 입술을 핥았다.

"레이디, 이번에는 제법 그런 짓을 해 볼 마음이 드십니까?"

마치 맛있는 음식을 보는 듯한 눈이었다. 나는 눈을 가늘게 뜨고는 그를 바라보았다.

"그 피는 누구 피입니까?"

"오늘도 아름다우시군요, 레이디 카이."

그의 입술이 내 입술을 다시 덮으려는 순간, 나는 주먹을 날렸다. 이번에는 그때와 다르게 꽤나 날렵하게 내 공격을 피한다.

"남녀 사이에 그런 흉한 공격이라니요. 너무하십니다. 이래 보여도 막 샤워하고 왔다고요?"

그래. 나도 네놈 하반신 안 보려고 필사적으로 노력 중이다. 시선을 얼굴에만 유지하는 게 쉬운 줄 알아? 그때 뒤에서 샤워실 문이 삐걱 열렸다. 붉은 머리칼의 여성이 나체로 나왔다.

"자기, 비누 가지러 간다면서 왜 이렇게 안 오는……."

그 여성과 내가 눈이 마주쳤다. 그녀가 나를 훑어보더니 씨익 웃었다.

"어머나, 귀여운 여자아이. 쟤도 부른 거야?"

부르긴 뭘 불러?! 미친놈아! 그런데 그에게서 돌아오는 대답이 더 가관이었다.

"우후, 이 언늬는 발톱을 너무 세워서 무리예요. 좀 벗겨 보면 나으…….."

그 말이 끝나기도 전에 나도 모르게 그 자세로 몸을 비틀었다. 그러고는 놈의 뺨을 향해 주먹을 날렸다.

빠아악—!

감정이 담겨서일까. 생각했던 것보다 주먹이 더 세게 나갔다.

아까의 놀라운 회피는 어디로 갔는지, 엘은 눈 먼 주먹에 날아가더니 그대로 기절했다. 욕실에 있던 붉은 머리 여인이 호호호 웃었다.

"이런이런, 정말로 발톱이 날카로운 아이네."

나는 손등을 탁탁 털었다.

역시 이 인간과 제대로 된 대화를 하려는 것 자체가 무리다. 나는 피 묻은 그의 셔츠를 집어 들었다. 이대로 경비대에게 가서 내가 봤던 것을 증언하고 증거품을 제출할 생각이다. 조사해서 이놈이 범인이라면 철창 갈 거고, 아니면 알아서 나오든가 하겠지.

붉은 머리의 그녀는 눈을 가늘게 뜨고 나를 바라보았다.

"그거… 가져가려고?"

"이런 흉흉한 시기에, 야밤에 누구 피인지 모를 걸 묻히고 왔으니 당연히 경비대에 갖다 줘야죠."

그녀가 문지방에 비스듬히 기댄다. 그의 젖은 머리카락이 피처럼 흘러내렸다. 어디서 많이 본 머리색이다.

"후회할 텐데? 고양이 아가씨."

왜 하필 고양이일까. 내가 가장 싫어하는 동물이 고양이인데. 나는 차갑게 대답했다.

"후회는 저 변태 가게 주인이 할 것 같네요. 전 이만 갈테니까 두 분 모두 오붓하게 잘 즐기세요."

나는 그렇게 말하고는 셔츠를 가방에 넣었다. 그녀는 내행동이 웃긴지 한참이나 웃었다. 그러더니 이윽고 커다란골반을 흔들며 내게 다가왔다. 여자가 봐도 색정적이다 싶은 여인이었다. 역시나 엘과 노닥이는 걸 보니 화류계의 여성이겠지?

그녀는 우산을 꺼내더니 내게 건넸다.

"자, 받아."

"이건 뭐죠?"

"오늘은 좋은 밤이야, 레이디 Cat. 이런 날에는 꼭 비가오더라고. 그리고 너처럼 예쁜 아가씨가 밤에 비를 맞고 다니면 꼭 문제가 생기고."

검은색 베일로 만든 우산이다. 마치 장례식장에나 어울릴 법한 어두운 색.

"무슨 문제가 생기죠?"

그녀가 내 뺨에 키스했다. 너무 놀라서 피할 겨를도 없었다. 그녀가 내 귓가에 속삭였다.

"내가 덮치고 싶어지거든."

나는 그녀를 와락 밀쳐냈다. 그녀는 그런 내가 즐거운지 한참이나 웃음을 터뜨렸다.

"난 아리네스야. 또 보자. 고양이 아가씨."

얼굴이 붉어졌다. 아마 상대가 엘이나 대공이었다면 주먹을 날렸을 거다. 그러나 상대는 벌거벗은 힘없는 여인이다. 나는 도망치듯 가게 밖으로 뛰쳐나갔다.

'대체 누가 고양이 같은데!'

11.

'끼리끼리 논다더니 변태 남녀!'

거기다가 나까지 노리다니. 방탕아 자식, 세상에 둘도 없을 바람둥이 자식! 내 첫 키스 물어내. 빌어먹을……!

나는 손등으로 몇 번이나 입술을 훔쳤다. 역시 한 대 때리는 걸로는 부족했다. 곤죽이 되도록 후려쳤어야 했다. 그러나 남녀가 만들어 내는 기묘하고 습한 공기에 결국 증거만 챙겨서 도망치듯 떠나야 했다.

어두운 밤거리에는 사람이라고는 보이지 않았다. 이끼낀 돌 타일 위로 내 발걸음 소리만이 공허하게 울렸다.

'이런 날에 비라니……'

하늘의 달은 부서지도록 밝았다. 이렇게 밝은 달도 드물다 싶을 정도다. 나는 우산을 쫙 펴 봤다. 그때는 정신이 없어서 미처 몰랐는데 굉장히 고급 우산이었다. 우선 우산 끝부터 테까지 몸체는 전부 대나무로 만들었다. 이건 동방에서나 만드는 방식인데, 신기하게도 손잡이는 서양식이다. 거기다가 검은 베일이라고 생각한 것도 자세히 보니 매우 얇은 비단에 금색 자수를 놓은 물건이었다.

'대단하네.'

장인으로서 솔직하게 감탄이 나왔다. 창살을 하늘에 대고 빙글빙글 돌려본다. 얇은 비단 사이로 둥근 달빛이 고스란히 쏟아진다. 달빛을 받은 금색 자수가 별처럼 빛났다. 이만한 물건을 만들 수 있는 사람이 세상에 몇이나 될까? 작업 방식이 궁금해 견딜 수가 없었다.

내가 좀 더 성장하면 이만한 물건을 만들어 낼 수 있을까? 자신이 없다. 그때 후두둑 빗방울이 머리 위로 쏟아져 내렸다. 마른하늘에 무슨 소나기?

'정말로 비라도 내린 걸까.'

달빛은 구름 낀 데 없이 청정했다. 그러나 이상한 느낌이 들었다. 물방울이 우산 위를 구르고 마침내 내 앞에 툭 떨어졌다.

시뻘건 핏방울이 내 코끝을 스쳐 바닥으로 툭 떨어졌다. 우산 위로 누구의 것인지 모를 피가 쏟아진다. 나는 놀라서 담장 위를 바라보았다. 그곳에는 커다란 사람이 누군가의 시체를 물고 있었다.

'물어?'

잘못 본 건가 싶어서 다시 봤지만 물고 있는 게 맞았다. 흡사 사자가 양을 물고 가듯이 사람의 목을 물고 네발로 기고 있었다. 남자의 검은색 머리카락이 피를 따라 훅 흘러내려갔다. 달빛 아래로 남자의 얼굴에 그늘이 진다. 얼굴은 잘 보이지 않는다. 그러나 그의 붉은 눈동자만은 선명하게 각인된다.

"아카넬… 대…공?"

지금 내가 제대로 본 건가? 아카넬 대공이 사람의 목을 물고 네발로 담장을 기고 있다고? 그게 말이 돼? 어째서? 왜?

'어쩌면 사촌인지도 몰라.'

아카넬 대공과 닮은 그것은 환자들이나 입을 법한 하얀

옷을 입고 있었다. 얼굴이 똑같음에도 불구하고 대공과 달리 머리칼은 엄청 길었다. 태어나서 단 한 번도 머리를 자른 적 없는 것 같았다.

거기다가 나 역시 쌍둥이 오라비가 있지 않던가.

그것은 나를 한참 응시하더니 시체를 툭 바닥에 떨어뜨렸다. 시체는 생각보다 가벼웠다. 목에 난 이빨 자국 위로 피가 흘러내리는 걸 보니 피라도 빨아 먹은 모양이다.

그것이 나를 향해 입을 열었다.

"크릉—"

인간의 성대로 낸다고는 믿기지 않는 소리다. 나는 우산으로 그를 가리켰다.

"대공⋯이십니까?"

"크르르르—"

사람의 말을 전혀 이해하고 있지 않은 것 같았다.

알테리온가는 산맥을 끼고 산다. 그러다 보니 위험한 산짐승이나 몬스터를 만나는 일이 종종 있었다. 그랬다. 지금 눈앞에 있는 아카넬 대공을 닮은 '그것'은 사람이라기보다는 예전에 마주친 적 있었던 곰이나 호랑이 같은 거대 육식 포유류처럼 행동했다.

그리고 그것은 지금 나를 사냥하기 위해 내 주위를 맴돌기 시작했다.

"대공…은…… 아닌 거죠?"

"크릉, 크르르륵—"

내 목소리에 자극됐는지 살기가 커져 간다. 이런 점마저도 야생 짐승과 똑같다. 혼란스럽다. 저게 대공이 맞을까? 아니면 쌍둥이 형제일까.

마침내 그것이 나를 향해 뛰어 올랐다. 나는 몸을 틀어한 번 피했다. 그것의 손톱이 벽에 박힌다. 그런데 벽이 무슨 두부처럼 움푹 파이는 게 아닌가!

그것은 자세를 잡고 다시 나를 공격한다. 한 번이라도 스치면 나는 죽는다!

나는 손을 뻗어 그것의 팔을 붙잡았다. 그러고는 힘의 방향을 비틀어 놈의 몸을 다른 방향으로 날려 버린다. 놈의몸이 붕 뜬다. 나는 우산 끝을 인간의 급소, 명치에 찔러 넣는다.

놈은 내게 당하기 전에 양손을 교차해 방어한다.

퍼억!

놈의 몸이 세 바퀴는 돌면서 날아간다. 웃긴 건 보통 사람이라면 여기서 균형을 잃고 엎어지는 게 정상인데 이놈은 고양이처럼 네발로 땅에 턱 착지하는 게 아닌가? 착지하자마자 놈은 입을 벌려 고함을 질렀다.

"크와아아앙!"

고막이 터지는 줄 알았다. 내 몸이 굳은 사이 놈이 저 멀리 도망치기 시작했다. 그 일격으로 나와 놈의 실력 차이를 깨달은 모양이다. 사냥하기 어려운 먹이라면 건드리지 않는 게 좋다. 지극히 야생적인 사고다. 그렇다고 대공의 면상을 하고 있는 저 생물을 놓칠 생각은 없었다.

나는 자세를 낮추고 땅을 박찬다. 근육을 활시위처럼 퉁겨 놈을 향해 달려간다.

거리가 좁혀지기 무섭게 놈이 손톱을 사용해 나를 후려친다.

막기 어려운 각도!

나는 우산을 들어 놈의 손톱을 방어한다.

퍼걱!

그 한 방에 최고급 앤티크 우산이 박살 난다.

'아, 아까워라.'

놈은 더욱 빨리 달려간다. 놀랍게도 놈이 달려간 곳은 골목 끝에 있는 지하 수로 쪽이었다. 역한 냄새가 훅 밀려왔다.

다시 말하지만 마법 도시 성 알타미르는 잘 정비된 수로가 자랑인 곳이다. 그렇기에 우물물도 안 긷고 집 안에서 바로 샤워기만 틀어도 물이 나오는 거고, 그래서 엘과 어느 쪽 빵한 붉은 머리 아가씨가 샤워를 함께 즐기는 거 아니겠나.

그러나 그 전제를 뒤집어서 생각하자면 이 발 아래에는

엄청나게 복잡한 지하 수로가 거미줄처럼 이어져 있다는 뜻이다. 이 인구밀도 높은 마법 도시에 대체 얼마나 많은 수로가 이어져 있을지 상상도 할 수가 없었다.

'그랬군. 그래서 여태 범인을 잡을 수 없는 거였어.'

망설임은 잠시. 나는 수로 문을 발로 차고는 안으로 뛰어들었다.

썩은 걸레 냄새가 코를 찌른다. 어두운 지하 수로 속, 빛이라고는 거의 보이지 않았다. 나는 심호흡을 하고는 망막이 어둠에 익숙해지기를 기다린다. 다행히 오늘은 달이 '죽을 만큼' 밝은 날이고 길거리 하수구 뚜껑 사이로 빛이 간간히 새어 들어오고 있다.

퉁, 투퉁!

짐승, 그것도 사람 무게 정도 되는 짐승이 달리는 소리가 들린다. 나는 지체 없이 그쪽을 향해 달려갔다.

하수구 물 사이로 뭐라 말할 수 없는 것들이 흘러가고 있었다. 나는 물 쪽으로 가지 않도록 최대한 노력하며 좁은 난간 사이를 밟았다. 그 순간, 옆 통로에서 놈이 나타났다. 놈의 발톱이 내 목 아래, 급소를 기습한다.

'조심!'

나는 놈의 팔을 붙잡아 놈이 달려온 방향으로 당긴다. 워낙 강하게 달려온 터라 지 힘에 지가 밀려 몸이 뜬다. 그대로 나는 정타를 날린다.

퍼억!

놈이 내장 조각을 뱉으며 하수도에 처박힌다. 그것도 잠시, 물속에서 곧바로 나를 향해 다시 튀어 오른다. 나는 기다렸다는 듯 돌려차기를 날린다. 먹어라! 원한 돌려차기!

빠악!

그때 나는 새로운 쾌감을 느낀다.

'이거… 진짜…… 대공 패는 기분인데?'

즈, 즐겁네? 이거 한없이 본인에 가까운 샌드백 아니야? 아까 때려 본 감촉에 따르면 꽤 맷집도 단단한 것 같으니, 몇 대 쳐 맞는다고 죽지도 않는다.

'오오……!'

내 안광이 그때 무슨 빛으로 반짝였는지는 나도 모른다. 그러나 그 짐승이 비명을 지르며 다른 수로 쪽으로 도망치게 만들 정도의 눈빛이라는 건 확실했다.

'이참에 스트레스도 풀 겸…… 아, 아니지. 이건 어디까지나 사회적으로 물의를 일으키는 범죄자를 잡기 위해서니까 사적인 감정은 없는 거야. 암, 이건 어디까지나 공익을 위해서야.'

나는 도망가는 대공 주니어를 쫓아 잽싸게 뛰어갔다. 놈을 쫓아가며 분노 펀치! 절대 파혼 춉! 진심 악처 내려찍기!

같은 해괴한 기술을 마구 날려댔다. 놈은 내게 두들겨 맞으면서도 맷집도 좋게 쓰러지기는커녕 내게서 도망치기를 반복했다.

'음하하하! 냐하하하! 꺄하하하하! 우히히히히히!'

이야, 발걸음도 참 가볍다. 방금 몇 번 친 것만으로도 묵은 스트레스가 쫙 풀리는 기분이야. 저거 붙잡아서 기사단에게 조사를 맡기면 겸사겸사 나를 괴롭혔던 그 빨간 머리 기사단장에게 한 방 먹여 주는 거고.

생각보다 이득 보는 장사잖아?

'까짓것 몸 좀 더러워지면 어때. 씻으면 되지.'

우리 어머니가 들으면 아마 백만 번은 밥을 굶겼을 생각을 하며 나는 더욱 속도를 붙였다. 알테리온가의 모든 아이는 여덟 살만 돼도 좁은 대나무 위를 뛸 수 있다. 당연했다. 알테리온가의 모든 아이들은 신의 피를 이어받았고, 그러다 보니 어릴 때부터 인간의 반사 신경을 뛰어넘는 경우가 많았으니까. 아이가 어른만큼 힘이 강해진다는 말이 잘 와닿지 않으면 이걸 생각하면 된다.

만약 어린애가 어른의 힘으로 놀면 무슨 사태가 벌어지는지.

집에 가재도구가 남아나질 않는다. 차라리 비글 같은 사냥개를 키우는 거면 나무 바닥은 뜯길지언정 식탁이나 책장 위는 안전하다고 볼 수 있다. 그러나 알테리온가의 애들은 비글이 아니다. 날아다니는 비글이지.

가뜩이나 없는 재산 박살 나는 경우가 부지기수다.

그렇다 보니 차라리 어릴 때부터 제대로 훈련시켜서 어디에 올라가도 물건은 쏟지 않게끔 가르친다. 물론 그렇게 해도 에너지가 남아돌아서 책장째 쏟아 버리는 경우도 많다만.

아무튼 남자애고 여자애고 밧줄 위를 뛰어다닐 수 있을 정도는 된다. 어릴 때 익힌 균형 감각은 성인이 되어서도 여전하고.

놈의 뒤통수가 가까워진다. 이대로 슈퍼 유감 파혼 래리어트를 먹일 생각이다. 그렇게 튼튼하던데 설마 죽기야 하겠어?

내가 팔을 뻗어 기술을 걸려는 찰나 옆 골목에서 무언가 새카만 게 튀어나온다. 그러나 나는 이미 기술에 들어간 상태라 바로 방어로 전환하긴 어려웠다.

'이런, 역시 맨주먹은 무리!'

차라리 검이 있다면 편하게 막아 낼 수 있었으리라. 그러나 지금 나는 주먹을 보호하려고 만든 장갑이 전부다. 놈은 내게 몸통 박치기를 걸었다. 팔로 가드는 했지만 충격이 고스란히 내 허파를 강타했다.

"쿠릭!"

이대로는 수로에 빠진다! 급하게 몸을 틀어 건너편 벽에 삼각 뛰기를 시도한다.

탕!

그대로 벽을 밟고는 고양이처럼 사뿐히 착지했다. 내가 봐도 예술 점수 999인 그림 같은 모션이었다.

"크르르르—"

놀랍게도 내 눈앞에 같은 놈이 두 명 있었다. 둘 다 똑같은 환자복을 입고, 머리카락은 산발한 상태로 날 향해 으르렁거리고 있었다. 마치 사람을 복사라도 한 것처럼 똑같이 생긴 대공 두 명이 나를 향해 위협적으로 쉭쉭거린다.

'이게… 어떻게 된 거지?'

똑같은 놈이 둘 나온 이상, 역시 세쌍둥이…인가?

"나야 샌드백이 늘었으니 좋지만!"

그대로 덤벼들어 래리어트를 먹인다. 놈의 몸에서 퍽 소리가 나며 바닥에 꽂힌다. 그렇게 강하게 쳤으니 보통이라면 목뼈가 부러졌을 텐데 머리에 충격만 들어간 모양이다. 놈이 캑캑거리며 바닥을 구른다. 한 명은 바로 전투 불능. 이제 두 마리째, 나는 콤비네이션에 돌입했다.

쿵!

첫 번째 진각과 함께 나는 발끝을 들어 마치 송곳처럼 놈의 무릎을 후려친다.

우드득—

아싸라비야, 소리 좋고~!

과연 내 예상대로, 연골이라면 공격이 통한다. 연골은 인체에서 가장 섬세한 부위 중의 하나고 여기를 단련할 수 있는 생물은 이 세상에 아무도 없으니까!

아까의 전투로 깨달았지만 놈들은 지능이 없다. 그저 동물적인 본능으로만 움직이고 있다. 놈의 무릎이 기괴한 방향으로 뭉개진다. 나는 그대로 갈빗대 사이, 인간의 급소 부분을 손날로 찌른다.

아, 역시나 내 힘으로도 갈빗대를 관통하지 못한다. 대체 얼마나 단단한 걸까. 나는 손을 주먹으로 바꿔서 찌른 곳을 다시 또 때린다.

쿠웅!

폐와 심장에 직격으로 충격파를 날린다. 손맛이 제대로 묵직하다. 예상대로 놈은 피를 칠공으로 뱉어내며 바닥을 구른다. 나는 그대로 놈의 팔꿈치 뼈를 발로 으깨 버린다.

"크와아악!"

심했나? 하지만 상대는 민간인을 죽인 살인마들이다. 손에 자비를 둘 생각도 없을뿐더러 방심했다가는 죽는 건 이쪽.

놈의 비명 소리가 수로를 가득 메운다. 그때였다. 수로에서 일제히 짐승이 울부짖는 소리가 쩌렁쩌렁하게 터져 나온다. 어둠 속에서 수십의 안광이 번뜩인다. 무언가가 달려오는 소리가 수로를 메꾼다. 뭔가가… 오고 있다.

가장 먼저, 옆 수로에서 똑같은 놈이 달려들었다. 이걸로 세 마리째다. 나는 몸을 틀어 엎어치기를 날린다.

쿵,

그 뒤로 또 다른 똑같은 놈이 또 달려들었다. 나는 놈의 공격을 막아내고는 급소에 쌍장을 날린다.

그걸로 끝나질 않았다. 골목 끝에서 놈들이 두 마리, 세 마리, 네 마리, 마침내 수십 마리가 넘게 몰려들어 오기 시작했다. 놈들의 살기가 지하 수로를 찔렀다.

사람이 한 배에서 이 많은 수를 한꺼번에 낳는 게 가능할 리가 없잖아! 그러나 눈앞에 있는 대공 주니어들은 전부 대공 쌍둥이라고 불러도 될 정도로 똑같았다.

"미치…겠네."

"크르르르르르—"

기세가 바뀌었다. 양은 질을 이긴다. 아무리 나라도 칼도 없이 이 많은 놈들을 처치하는 건 불가능에 가깝다. 놈들의 눈동자가 살기로 번들거린다. 나는 뒷걸음질을 친다.

'어떡하지?'

설마하니 이렇게 많은 수를 마주할 줄은 예상도 못 했다. 살기 어린 눈동자들이 어둠을 태우며 내게 다가온다. 무사히 빠져 나가는 건 사실 불가능에 가깝다. 팔 하나 내준다고 해도 목숨을 걸어야 할 터.

'검이… 있었다면.'

어떻게든 수가 있었을까? 나는 계속해서 뒷걸음질을 쳤고, 놈들은 슬금슬금 나와의 거리를 좁혀 갔다. 이윽고 막다른 골목에 다다랐다. 등에 차가운 벽돌의 감촉이 느껴진다. 놈들은 굶주린 하이에나 떼처럼 내게 다가온다.

짐승들.

그 이상의 표현을 찾지 못하겠다.

그때 살기를 찢으며 휘파람 소리가 먼 곳에서 울렸다. 기이했다. 이 지하 수로까지 와서 휘파람을 부는 인간이라니.

"……."

다시 휘파람 소리가 울린다. 이제는 숫제 오래된 민요를 휘파람으로 불기 시작했다. 나는 그제야 이 소리가 일부러 누군가를 부르는 소리라는 걸 깨닫는다.

'도박이야.'

함정일 수도 있었다. 그러나 선택의 여지가 없었다. 나는 하단전에서부터 마력을 끌어 올려 짐승처럼 울부짖었다.

"크아아아아앙!"

내 고함소리가 마력을 담아 넓게 퍼져 나간다. 고막이 터졌는지 피를 흘리는 놈도 보인다. 한순간의 경직, 나는 그 틈에 휘파람 소리를 쫓아 옆 수로로 꺾어 들어간다. 놈들도 눈치챘는지 괴성을 지르며 나를 향해 달려온다.

아, 추격할 때는 몰랐는데 쫓기는 입장이 되니 죽을 맛이다.

신발 밑창이 습한 수로를 박찬다. 곰팡이와 이끼, 그리고 이루 말할 수 없는 오물들로 뒤덮인 곳이다. 여기서 당황했다가는 미끄러지는 수가 있었다.

'아니 차라리……!'

나는 스케이팅을 하듯 몸을 미끄러뜨려 한 박자 돌린다. 그러고는 그 회전력으로 가장 먼저 덤벼드는 놈을 발로 차서 날려 버린다.

빠악!

'오, 소리 좋고!'

놈이 붕 날아가며 뒤에 있는 놈과 함께 넘어진다. 그 틈에 나는 거리를 벌린다. 힘으로 보나 지구력으로 보나 저쪽이 우위다. 아무리 저놈들이 멍청하다고는 해도 내 체력으로는 오래 버티는 건 무리다. 장기전이 되면 반드시 잡힌다.

휘파람 소리가 다시 울린다.

숨이 가쁘다. 허파가 찢어질 것만 같았다. 나는 침을 삼키며 계속해서 뛰었다. 그러나 아까의 전투로 너무 체력을 낭비했는지 다리가 후들거리기 시작했다. 마침내 세 번째 휘파람 소리가 울렸다. 아까보다 더욱 선명하고 또렷하다. 이제 도착이다!

수로의 끝. 은색의 남자가 기다리고 있다. 내가 아까 부숴 먹은 우산과 똑같은 것을 흔들며 내게 웃었다. 그는 노래하는 억양으로 말했다.

"이햐아, 좋은 밤이죠?"

엘은 우산을 어깨에 걸고 빙글빙글 돌리며 흡사 백치처럼 웃었다.

'미친 건가?'

내 뒤에 있는 수십 마리의 공작(?) 떼가 보이지 않는 건가?

남자가 나를 향해 손을 뻗는다.

"이리로."

뭔가 생각이 있는 건가? 없으면 다 같이 죽는 거다.

망설임 틈 따윈 없었다. 나는 마지막 힘을 다해 엘을 향해 달려간다. 그러나 나는 언제나 마무리에 서툴다. 구두 밑창이 미끄러지며 앞으로 넘어진다.

나는 꼴사납게도 바닥을 몇 바퀴나 구르고 만다.

뒤로는 대공을 닮은 짐승들이 나를 향해 덤벼든다. 이 자세로는 막을 방도가 없었다. 나는 놈의 이빨을 받을 각오를 하며 눈을 감았다.

퍼억!

뭔가가 날아간다. 축축한 것이 얼굴에 닿았다. 눈을 뜨니 피가, 놈의 핏방울이 내 뺨을 적힌다. 후려친 건가? 어떻게? 뒤를 돌아보았다. 엘의 양팔 팔찌에서 사슬이 돋아났다. 그의 목걸이가 푸른빛으로 빛난다. 그의 머리칼이 마치 사자의 갈기처럼 부풀어 오른다.

그가 속삭였다.

"조금… 재미없을지도 몰라요."

그의 양팔에 걸려 있는 사슬이 바닥에 박힌다. 이건 무슨 죄수 같았다. 그가 빠른 속도로 속삭인다. 나는 그게 언어가 아니라 주문(呪文)이라는 사실을 깨닫는다. 단어가 단어 사이로 밀려들어 간다. 혼자 읊는다고는 믿기 어려울 정도로 초고속 주문.

그의 언어에 따라 마력이 부풀어 오른다. 푸른빛이 맺힌다.

퀵 캐스팅.

그가 마침내 주문을 끝낸다. 내가 알아들을 수 있는 단어는 마지막 단 다섯 글자.

"…무한의 감옥."

땅 밑에서 수백, 수천의 금색 사슬들이 솟아난다. 놈들의 심장을 관통하고, 팔을 관통하며, 머리를 으깨고 바닥으로 꺼진다.

어마어마한 비명들이 수로 안에서 일제히 울리기 시작한다. 부서진다. 뭉개진다. 관통된다. 생전에 단 한 번도 본 적 없었던 지옥도가 밀려들어 온다. 나는 무가에서 살아왔고, 숱한 부상들도 봐 왔다. 그러나 이건 달랐다. 부상이 아니었다. 전쟁도 아니었고, 그렇다고 살인이라는 표현을 쓰기에도 모자랐다.

대살육(大殺戮).

숨이 밀려온다. 숨을 쉬는 것조차 힘들었다. 이런 마법 따위는 들어 본 적이 없었기에, 압도적인 힘 앞에서…….

…나는 몸을 웅크리고 말았다.

12.

톡톡톡.

누군가가 내 어깨를 두드린다. 팔 사이로 얼굴을 드니 엘이 보였다. 수십, 수백의 '그것'들의 피를 뒤집어쓴 엘이 나를 내려다보았다. 그의 눈가에 맺힌 다른 이의 핏방울이 내 뺨 위로 후두둑 쏟아졌다.

"컥, 커헉!"

"숨 쉬어요, 숨."

그가 나를 들어서 한 팔로 안는다. 숨을 쉬는 게 힘들었다. 압도적인 힘 앞에서 나는 무력했다. 그러나 그보다 내 목을 옥죄는 것은 그 힘에 조금의 인간성도 없었다는 사실. 그야말로 사람을 죽인다는 표현보다는 유기물을 잘게 갈아 버렸다는 표현이 맞는 힘이었다.

뒤를 돌아볼 엄두가 나질 않는다. 내 뒤에는 사람이었던 다져진 육편들이 수로를 타고 흐르고 있을 거다.

뒤를 돌아볼 수 없었다. 엘이 말했다.

"음, 역시 정신력이 강한 사람이라 기절은 안 하시네. 자자, 숨 쉬세요, 숨."

그가 내 등을 툭툭 두드린다. 그럼에도 숨통이 트이지 않는다. 한 발자국도 몸을 움직일 수가 없었다. 그는 나를 들어 사다리를 타고 수로 위, 지상으로 올려 보낸다.

맑은 바깥 공기가 밀려온다.

좁은 골목, 이끼 낀 타일 바닥이 손에 닿는 순간… 나는 그제야 기침을 뱉어낸다.

엘은 다시 지하 수로로 내려갔고, 나는 가슴이 아플 정도로 한참이나 콜록거리길 반복하고 나서야 숨을 쉴 수가 있었다. 내 눈앞에 새빨간 구두가 또각거리며 다가온다.

"좋은 밤이지?"

아리네스. 그녀였다. 그녀는 까만 우산을 쓰고 있었다. 아까와는 정반대의 이미지였다. 그녀는 안경을 쓰고 새하얀 가운을 걸치고 있었는데, 방금 전 사창가 여인보다도 음탕했던 그 모습 대신 차가운 인텔리만이 남아 있었다.

"…무슨… 일이죠? 저 괴물들은 어째서……."

"네 정혼자와 닮았냐고?"

"닮은 정도가 아니…잖아요."

그녀는 웃는다.

"저 괴물이 무엇인지 아는 게 그렇게 중요해?"

"네."

"네 목숨을 걸어야 하는데도?"

그 질문에 나는 잠시 망설였다. 그러나 마음은 변함이 없었다.

"…네. 궁금해요."

"네 꿈을 버려야 할 텐데도?"

그 말에 말문이 막힌다. 다시 대답을 내뱉으려고 하자 그녀가 내 말을 가로막고 이야기했다.

"그냥 이 도시의 아주아주 어두운 비밀 정도라고 해 둘게."

"그러면 당신과 엘은요?"

내 말에 그녀가 웃었다. 이윽고 그녀가 내 귓가에 키스를 하듯 속삭였다. 그것은 절망을 한 스푼 섞어 넣은 세 글자의 짧은 단어였다.

"······."

13.

그날 밤, 나는 절뚝이며 대공의 저택으로 향했다. 어쩔 수 없었던 게, 수로 밖으로 나오니 가장 가까운 곳은 대공의 저택밖에 없었다. 몸은 상처투성이고 악취까지 가득했다. 더 이상 걷는 것은커녕 눕는 것도 힘들 지경이었다.

그의 저택 앞에서 탈진해 쓰러져 있으니 마침 심부름 나왔던 메이드가 날 보고 비명을 질렀다.

"아, 저 시체 아니에요."

힘없이 웃어 보이자 그제야 사람들이 나와 나를 부축했다.

응접실, 벽난로 앞에는 마침 대공이 책을 읽고 있었다.

칼날처럼 자른 머리카락이 단정하게 목 뒤로 내려온다. 셔츠에는 구김살 하나 없었고, 그의 얼굴은 여전히 무뚝뚝하기 이를 데 없었다. 그가 나를 보더니 살짝 이마를 찌푸렸다.

"시궁쥐랑 씨름이라도 하고 왔나?"

"연쇄살인마를 잡다 왔어요."

"범인은?"

"한둘이 아니었어요. 수십 명인지 수백 명인지⋯⋯."

"그래서?"

"다들 당신이랑 똑같이 생겼더라고요."

내 말에 그가 기가 막힌다는 듯 한참 바라본다. 이윽고 그가 입술을 열었다.

"요즘 헤르쉬라도 피우나?"

"⋯⋯."

그걸 끝으로 그대로 대공의 품 안에서 기절했다. 더 이상할 말도, 말할 기력도 없었다. 다만 마지막 그녀가 했던 세 글자만이 귓속에서 맴돌았다.

방금 보았던 그게 이 도시의 어두운 비밀이라면, 그러면 당신들은 무엇이냐고 나는 물었다. 그때 그녀는 이렇게 대답했다.

'우리도.'

매우 짧은 세 글자.

Chapter 4
예쁘고 치명적인

1.

꿈을 꾸었다. 나는 어렸고 촛불을 들고 복도를 걷고 있었다. 내 옆에는 어떤 사내가 내 손을 잡고 걸어가고 있었는데 얼굴은 보지 않았지만 오빠라는 생각이 들었다. 어른이된 오빠는 내 손을 붙잡고 점점 더 빠르게 걷기 시작했다. 처음에는 그럭저럭 쫓아갈 수 있었지만, 그래 봤자 어린아이. 오빠의 보폭을 맞출 수 있을 리가 없었다.

어째서인지 맨발이었던 나는 발바닥에 피가 맺히는지도 모르고 계속해서 달렸다. 문득 등 뒤에서 뭔가가 쫓아오는 걸 느꼈다. 짐승의 노린내가 귓불을 적셨다.

그것은 내 뒤로 바짝 쫓아왔는데, 파자마 스커트에 무언가가 닿는 기분이 들었다.

'뒤를 돌아보면 안 돼.'

오빠가 속삭였다. 그것은 이제는 나를 물어뜯을 만큼 가까워졌다. 모든 꿈이 그렇듯 여기가 어디고, 왜 도망치고 있는지는 모르지만 그저 달려야 한다는 강박관념이 나를 지배했다.

오빠는 더욱 걸음을 재촉했다. 나는 그만 촛불을 놓치고 말았다. 촛불꽂이가 바닥을 데구르르 굴렀다. 복도는 어둠으로 가득 찼다. 나는 너무 무서워져서 그 초를 줍기 위해 바둥거렸다. 오빠가 다시 말했다.

'돌아보면 안 돼.'

나는 듣지 않았다. 오빠의 손을 놓았다. 그러고는 힘껏 뒤를 돌아보았다.

'……'

그러나 그곳에는 아무것도 없었다. 솟구치는 공포심에 오빠를 돌아보았다. 그러자 오빠의 몸이 도자기처럼 부서져 내렸다. 나는 오빠의 조각을 붙잡고 한참이나 울었다.

내가 돌아봐서 괴물이 오빠를 부숴 버린 걸까?

아마 그랬으리라. 모든 악몽들이 똑같다. 자신만의 기묘하고도 강박적인 규칙을 들이밀고는 그걸 지키지 않으면 늘 벌이 뒤따랐다. 오빠는 뒤를 돌아보지 말라고 경고했고, 나는 말을 듣지 않았다. 그 결과가 이것이었다.

나는 오빠의 조각들을 끌어안고는 비명을 질렀다. 촛불이 꺼진다. 어둠은 빛을 잡아먹으며 내 등을 쓸었다. 어둠 속에서 나는 눈을 보았다. 금색의 밝게 빛나는 한 쌍의 눈동자를.

마침내 내 손가락도 오빠처럼 부서져 내렸다.

2.

"헉……!"

숨이 가빴다. 창밖에서 빛이 새어 들어온다.

나는 침대에 뉘어져 있었다. 몸은 씻겨 있었고 옷은 새옷이다. 대공의 저택, 낯선 천장이 나를 맞았다. 침대 양옆에는 천사의 조각상이 새겨져 있었는데, 대공 취향의 디자인은 아니었다.

'이상한 꿈이었어.'

나는 악몽을 잘 꾸지 않는 편이다. 어제 일 때문에 그랬나. 보기 드문 악몽이다. 몸을 일으키려다가 가슴에 통증이 밀려왔다.

"크읏……!"

"늑골이 부러졌어. 꽤나 터프하게 싸웠던 모양이던데?"

하이힐 굽이 또각또각 나를 향해 걸어왔다. 아리네스의 붉은 머리카락이 물결친다. 지난번에 봤던 흰 가운 차림이다. 도시국가 알타미르는 마법과 상업이 발달된 곳이다 보니 내가 있던 영지보다 훨씬 자기 직업을 가진 여성이 많다. 사냥과 농사는 남자가 더 유리하겠지만, 마법과 상업은 누가 하든 똑같으니까.

그녀가 머리를 쓸었다.

"움직이지 마. 하루 정도만 누워 있으면 다 나을 거야. 비싼 마법 약을 썼거든."

"당신은 누구죠?"

그녀는 내 옆에 앉았다. 그러고는 손을 뻗어 내 뺨을 쓸어내렸다.

"아리네스 마이어하트, 성 알타미르 왕실 직속 마법 연구소 소장. 지난번에 내 동생 만나지 않았어? 무지카라고."

나는 눈을 가늘게 뜨고 그녀를 보았다. 생각해 보니 그랬다. 피처럼 새빨간 머리카락이 그 기사단장과 똑같았다. 남매가 전부 고위 직책이라니, 진짜로 영향력 있는 집안의 사람들인가 보다. 아니면 둘 다 천재적으로 각 분야에 특출

나거나.

늑골이 부러졌다며 조심하라던 그녀는 내 가슴 위에 돈주머니를 올려놓는다.

"받아. 보상금이야."

아프다. 액수는 확인해 보지 않았지만 무게가 상당한 것을 보니 꽤 들어 있는 모양이다. 그녀가 덧붙여 말했다.

"그리고 입막음 금액이기도 하지."

"어제 본 것을 대공에게 말하지 말라는 건가요?"

"어머, 머리 좋은 아이네."

그녀는 작게 웃었다. 나는 돈주머니를 들어 그녀의 발에다 던졌다. 보상금? 당연히 환영이다. 내가 엘 때문에 당한 일부터 어제 일까지 생각하면 천만 금도 부족하다. 그러나 입막음? 그건 필요 없다.

나는 어제 본 것을 대공에게 이미 이야기했고, 대공은 나보고 약이라도 했는지 물었지만, 그래도 오늘 일어나면 좀 더 자세히 말할 생각이다. 그곳에서 내가 무엇을 봤고, 어떻게 되었는지.

문득 오늘 꾼 꿈이 떠올라 가슴이 시큰해졌다. 그때 그녀가 내 팔에 주사기를 꽂았다.

"큭! 뭐 하는 겁니까?"

기습이라는 걸 깨달았을 때는 이미 주사액이 내 팔 안에 들어간 후다. 그녀가 말했다.

"기억을 지우는 약."

"네?"

"어제 일을 모두 잊게 하는 약이야. 연금술사들 사이에서 꽤 대중적으로 쓰고 있어."

나는 혈관을 손가락으로 막았다. 그러나 팔이라도 자르는 게 아닌 이상 약은 퍼질 거다. 그건 나도 알고 있었다. 그녀가 말했다.

"만약 이대로 네가 대공에게 이야기한다면 나는 네 소중한 사람들을 제거해야 해. 괜찮겠어, 꼬맹이? 널 따르던 신수들이 있잖아. 달빛 모루 일족이던가?"

그 말이 끝나자마자 나는 금화를 집어 그녀에게 던졌다.

퍽!

금화가 그녀의 뺨을 스쳐 벽에 박힌다. 손을 조금만 옆으로 틀었어도 벽이 아닌 두개골에 구멍이 났을 거다. 그럼에도 그녀는 전혀 동요하지 않았다.

"그들은 건드리지 말아요."

"그게 시스템이야. 내가 어떻게 할 수 있는 문제가 아니지. 나는 고양이 아가씨가 마음에 드니까 내가 제시해 줄 선택지는 세 가지야."

그녀가 검지를 들었다.

"첫 번째, 기억을 잃거나."

중지를 폈다.

"두 번째, 발설 시 소중한 사람이 제거될 수 있다는 협박을 끌어안고 살거나."

마지막으로 약지를 펴서 자신의 입술에 키스했다.

"세 번째, 순순히 돈과 해독제를 받고 조용히 지내거나. 우리 연구소 특성상 세 번째 제안은 좀처럼 하지 않아. 언제나 첫 번째와 두 번째뿐이지. 난 네가 마음에 들어, 고양이 아가씨."

그녀는 새빨간 입술로 독버섯처럼 미소를 지었다.

"지금이라면 해독제를 먹으면 네 기억은 괜찮아. 난 이걸 추천하고 싶은데? 기억 조작 약물은 뇌에 타격을 주니까 말이야."

기억을 잃거나, 소중한 사람을 위험에 빠뜨리거나.

"제가 돈만 받고 발설한다면요?"

"넌 안 그럴 거야. 어두운 밤 혼자서 살인귀를 쫓아 지하수로로 달려갔던 너라면 말이지."

가슴이 무겁다. 나는 최대한 내 감정을 표출하지 않으려 애를 써 본다.

"저를 너무 믿는군요."

그녀가 립스틱이 묻은 넷째 손가락을 내 입술에 대고 눌렀다.

"어머, 그래서 싫어?"

가슴이 답답해져 왔다. 이 도시에는 어떤 '비밀'이 있다. 그게 뭔지는 알 수 없으니, 그녀 말대로 그녀로서는 최고의 제안을 한 셈이다.

내가 대공에게 말하는 순간 달빛 모루 일족들은 죽게 된다. 가족보다 더 가족 같은 신수들이다. 무엇으로도 바꿀 수 없는 존재들이었다. 그렇다고 어제의 기억을 잃어버리게 된다면 평생 후회할 것 같았다.

나는 오늘 꿈을 꾸었다. 그때의 나는 뒤를 돌아보았고, 그래서 소중한 무언가가 부서졌다. 내 안의 또 다른 내가 속삭였다.

'그래서 지금의 나는 뒤를…… 돌아볼 거야?'

어둠 속, 마지막으로 보았던 금색 눈동자가 떠올랐다. 생각났다. 그건 무언가를 죽이고 났을 때 엘의 눈과 비슷했다. 유달리 생기가 돌고 있는 살인마의 눈이었다.

그녀가 침대에 엉덩이를 걸치고 걸터앉았다.

"어서 결정해. 곧 있으면 해독제를 줘도 늦을 테니까."

선택의 시간, 나는 결국 입술을 열었다.

3.

"단순히 치료 목적으로 온 건 아닌 모양이군."

그녀가 떠나고 나서 대공이 안으로 들어왔다. 나는 고개를 저었다.

"아니에요. 하루만 쉬면 다 낫는다고 했고, 처치도 괜찮더라고요."

"그렇군."

그는 고개를 비스듬히 꺾고는 눈동자만 돌려 나를 한참 바라보았다. 요즘 들어 깨달았는데 그건 그가 나에 관해 뭔가 추론할 때 보이는 습관이다. 그리고 그럴 때는 좋은 일보다 나쁜 일이 더 많았다.

그는 손가락으로 자신의 지팡이를 툭툭 건드리다가 지팡이 손잡이 부분으로 내 턱을 들어 올렸다. 무슨 내가 시장 바닥 생선도 아니고, 이런 취급 받으니 속이 참 뒤틀린다.

'대체 이 남자는 지가 무슨 신이라도 되는 줄 아는 걸까?'

저놈의 오만한 지팡이, 콱 쳐내고 싶었지만 팔이 욱신거리는 게 손가락 하나 까딱하기 힘들다. 결국 내가 할 수 있는 건 천천히 손가락을 들어 지팡이를 슬쩍 밀어 보는 거다.

‘아, 아파.’

아까 아리네스에게 돈주머니를 던질 때만 해도 열이 뻗쳐서 아무것도 안 느껴졌는데 생각보다 많이 다쳤나.

하긴 것도 그러네. 그 미친 괴수들의 공격을 일일이 팔로 흘려내야 했는데 골절되지 않은 게 대단하다 싶다. 이래서 맨손으로 싸우는 건 못할 짓이다.

영장류가 도구를 써야 영장류지, 내가 무슨 산짐승도 아니고 그걸 어떻게 일일이 맨몸으로 다 받아쳐?

“맨주먹으로 싸우려니 죽을 맛이네요.”

“벌써부터 엄살이군.”

공작 각하는 여전히 지팡이 손잡이로 내 턱을 이리저리 돌리며 내 상태를 관찰하고 있다.

“몸이 배겨 나지 않으니까 그렇죠.”

“검을 들었으면 넌 죽었을 거다.”

“네?”

“너는 네 아버지와 같은 부류다. 무모한 데다 호기심도 많지. 칼을 들었다면 자신감이 생겼을 테니 더 위험한 짓을 했을 거야.”

아버지, 아빠. 언제나 위험을 향해 달려가는 사람. 늘 내 손을 잡아 주고 날 안아 주었지만 결국 아버지는 가족보다는 전장을 택했다. 자신이 아니면 안 될 곳으로, 보통 사람은 해결할 수 없는 곳, 목숨을 걸어야 하는 곳으로.

"저희 아버지를 잘 아시나요?"

"네가 태어나기 전부터 알아 왔던 오랜 친우지."

대체 저 인간 나이가 몇이야. 아버지 친구라면서 액면가가 왜 나랑 맞먹는데.

하아, 그나저나 아버지는 대체 어디서 뭘 하고 있는 걸까. 어디선가 그래도 살아 계시겠지?

"……."

문득 그 지하 수로에서 검을 든 상태로 그놈들과 마주쳤다면 어땠을까 떠올려 봤다. 아마 도망치는 것보다 싸우는 것을 택했으리라. 그러다가 수십 마리가 아니라 사실 뒤에 수백 마리가 더 있었다는 걸 깨달았을 때는 이미 난 죽어 있었겠지. 부정할 수가 없었다.

"넌 어설프게 그와 닮았어."

"네네, 알겠습니다. 엄살 안 피울게요."

"그리고 이렇게 좀 다쳐 봐야 위험한 줄 알겠지."

말로는 절대 못 이기는 상대다. 나는 자는 척 슬쩍 눈을 감았다. 이윽고 그가 물었다.

"참, 속옷은 바꿔 입혔다. 그 나이에 그게 뭔가?"

그 말에 얼굴이 시뻘게졌다.

"설마 댁이 직접 입힌 겁니까아?!"

내 비명에 그가 무표정한 얼굴로 대답했다.

"흠, 어떨 것 같나?"

야, 야, 이 인간아! 그건 가르쳐 줘야지! 설마 진짜로 댁이 갈아입힌 건 아니지? 수없이 많은 시종들을 내버려 두고 본인이 직접 할 리가 없잖아.

지금 날 놀리려고 그러는 거지? 그치?! 우아아아악!

무정한 이 자식은 문을 닫고 나가 버린다. 내가 소리 지를 때마다 이불 속 돈주머니가 묵직하게 흔들린다. 아리네스가 남긴 돈. 내 선택을 듣고 그때 그녀가 했던 말이 가관이었다.

'그거, 영양제 주사야.'

내가 어이없어하자 그녀가 웃었다.

'해독제는 거짓말. 뇌를 조작하는 약에 해독제 따위는 없어. 한번 주사하면 그게 끝이란다?'

그녀가 내 입술을 쿡 눌렀다.

'그리고 다음번에는 이런 선택지 같은 건 없을 거야. 고양이 아가씨.'

그녀는 작은 목소리로 유혹하듯 '재미있었어.' 라고 속삭이고는 구두를 또각이며 나갔다. 왠지 그녀의 동생인 적호 기사단장 무지카가 왜 그렇게 미녀를 무서워하는지 알 것 같았던 순간이었다.

이번의 선택으로 나는 기억을 잃지도, 소중한 사람을 희생시키지도 않았다. 다만 그 대가로 금화 한 주머니와 진정한 공포가 뭔지 깨달아야만 했다. 그러나 그건 썩 나쁘지 않은 거래였다.

4.

과연 아리네스의 치료는 엄청 잘 들었다. 성 알타미르 왕립 마법 연구소에서 만든 최고급 약이라는 말은 거짓이 아닌 모양이다. 정확히 이틀이 지나고 나니 그럭저럭 몸을 움직일 수 있을 정도까지 회복되었다.

그녀가 입막음 조로 건네준 보상금도 꽤 두둑해서, 이 정도면 나만의 작은 대장간을 열 수 있을 정도는 되었다.

'언제까지나 신세 질 수는 없으니까.'

무기를 만들 때마다 매번 달빛 모루족들에게 민폐를 끼칠 수는 없는 일이다.

나는 돈을 챙기고는 메이드들이 빨아 준 옷을 입었다. 엘에게 갈 생각이다. 그 남자는 내게 빚이 있고, 나는 아직 그 빚을 안 받았다.

'현실적으로 나와 거래해 주는 사람은 그 사람밖에 없

지.'

소문이라는 게 참 무섭다. 사람들은 내가 잡혀 갔다는 것만 알고 있지 왜 풀려났는지는 모른다.

여자 대장장이에 감옥살이 경력까지 얻었다.

이번 일로 내 거래를 중개해 줄 사람은 전무해졌다.

일단 놈에게 무조건 좋은 대장간을 싼 값에 소개시켜 달라고 떼라도 쓸 생각이다. 그 다음 어떻게든 거래를 터 봐야지. 내게 유리하도록.

이쪽에서 입을 다물어 준 것도 있으니 놈도 거절하진 못할 거다.

"움직일 만해졌다고 그 몸으로 또 나가는군."

대공이 차 마시다 말고 한심해 죽겠다는 듯이 나를 바라보고 있다.

나는 아직도 내 속옷을 갈아입힌 자가 누군지 모른다. 찜찜하지만 그래도 메이드가 했다고 믿고 싶다. 설마하니 저 천상천하 안하무인 사이코패스가 손수 날 씻겨서 옷을 입힐 리는 없고, 그 모습도 상상이 안 된다.

솔직히 그렇지 않나. 그냥 쓰러진 사람 씻기고 옷 갈아입히기도 힘든데 나는 늑골 두 개가 부러진 데다가 크고 작은 타박상들은 세는 것도 귀찮을 정도로 상처투성이였다고?

지하 수로에서 그렇게 굴러댔으니 냄새도 고약했을 거

고.

"제 속옷 색이 무슨 색이었죠?"

그는 그 자세로 차를 후룩 삼킨다. 그러고는 담담하게 말
했다.

"핑크."

크왁! 설마 진짜로 네놈이 갈아입힌 거냐!

내 표정을 읽었는지 그가 대꾸했다.

"진상은 알아서 생각하시고."

갈아 마시고 싶다, 저 남자. 그때 살아 움직이는 특제 아
카넬 대공 샌드백을 더 때려 주지 않았던 게 천추의 한이
다. 그가 물었다.

"엘이라는 자를 만나러 가는 건가?"

"네."

"나도 가도록 하지."

그가 몸을 일으킨다. 그가 손을 뻗자 메이드들이 기다렸
다는 듯 코트를 건넸다. 그는 코트를 그대로 어깨에 걸치고
는 나를 따라나섰다.

"왜 갑자기."

"그대는 내 약혼녀니까."

바보같이 말문이 막혔다.

그는 자연스럽게 내 옆을 걷는다.

"궁금하지 않나? 속옷 누가 갈아입혔는지."

나는 망설였다.

"제가 데려가 드리면 가르쳐 주실 겁니까?"

그가 대답 대신 고개를 끄덕였다. 으으, 이건 뭐 선택의 여지가 없다. 결국 나는 앞장섰다.

대체 누가 입힌 거야! 내 속옷!

5.

엘과 그의 만남이라니. 아무리 좋게 생각해도 나쁜 상황 밖에 떠오르질 않는다. 우선 내 옆에 계시는 아카넬 대공 각하께서는 주변이 깨끗하지 않으면 참지를 못하신다. 테이블보는 구긴 자국 하나 없어야 하며 식기에서 먼지라도 발견했다가는 모든 식기를 새로 갈아 버려야 직성이 풀리는 분이다.

애초에 그가 과거 우리 알테리온가에 왔을 때 잠자코 있었던 건 바로 어머니의 병적인 결벽증 덕분이었다.

우리 어머니도 똑같은 성미다. 뭐든 쓸고 닦지 않으면 안된다. 집 안의 모든 식기와 가구들이 햇빛에 윤이 반짝반짝하지 않으면 만족을 못 하시는 성격이다.

지 눈 하나 편하자고 주변 사람 개처럼 부리는 그 성격 어디 가는 게 아닌지, 그의 알타미르 저택도 깔끔하기 그지 없다. 얼굴도 모르는 주인이 언제 올지 알 수 없어도 메이드들이 그곳에 상주하면서 하루 종일 쓸고 닦고 했단다. 당연하지 않은가.

대영지를 소유하고 계시는 천하의 아르노크 가문 아니던가. 메이드를 네 명이 아니라 40명을 고용한 뒤 까먹고 백 년이든 천 년이든 방치해도 아무런 지장 없는 곳이다.

거기다 메이드 넷이서 사람이 없는 집을 하루 종일 쓸고 닦아 왔는데 얼마나 깨끗할지 상상만 해도 두려울 지경이다. 그런데 그것도 더럽다며 내쳤다. 청소가 완전히 될 때까지 들어가지 않겠다 했다.

'으, 무서운 인간.'

그러고 보면 그런 사람이 용케도 나랑 지낸다. 달빛 모루 분들이야 더럽게 사는 분들은 아니지만 대장간 일을 하는데 검댕이가 없을 수가 없다. 거기다가 대공이 지금 입고 있는 옷은 차림은 가벼워 보여도 모두 과거 제국이 융성했을 때부터 남아 있던 황실 직속 공방에서 만든 명품들뿐이다.

우선 그의 어깨를 덮고 있는 새카만 코트.

어깨부터 손목까지, 그리고 겨드랑이부터 허리, 다리로

이어지는 라인이 딱 맞아 떨어진다. 거기다가 단추에는 과거 황실 직속 납품 공방 업체였던 클레르망의 마크가 박혀 있다.

나도 물건을 만드는 사람이다 보니 저게 무엇을 뜻하는지 안다. 저건 직접 장인을 불러다가 맞춤 정장으로 해 입었다는 거다. 거기다가 클레르망은 단추 하나 만드는 데에도 메인 단추사와 수습 조수 둘이 붙어 80가지 공정을 거쳐 만든다.

당연히 그 사람들이 좋은 작업실 놔두고 출장하는 걸 좋아할 리가 없다. 분명히 출장비만으로도 억 소리가 날 정도로 돈이 들겠지. 아마 평민 100명이 달려들어도 평생 만져 볼 일 없는 액수일 거다.

거기다 안에 입은 새하얀 셔츠는 겉으로 보면 장식 없이 간단한 디자인 같아 보이는데 자세히 보면 흰 천 위로 미색 줄무늬가 들어가 있다. 염색이 아니다. 저건 자수다. 그것도 눈에 보일까 말까 한 아주 가는 실로 날실과 씨실 결을 정확하게 읽어서 그 자리에서 천 안에 또 다른 천을 짜듯이 입혀 놓았다.

그렇기 때문에 오전 햇빛에 누렇게 보이지 않고 깨끗한 흰 빛을 반사할 수 있는 거지.

거기다가 이니셜 브로치는 그 유명한 유니콘의 뿔을 잘

라다가 만들었고—심지어 돋보기로 보지 않으면 안 보일 정도로 미세하게 세공을 박아 놓았다.— 목깃은 아까는 몰랐는데 자세히 보니까 셔츠 전체를 이루는 천과 다른 재질을 덧대서 빳빳한 라인을 만들었다.

보통 사람들이 보면 고급스러운 느낌만 들 뿐 어디가 고급스러운지 모르는 그냥 평범한 셔츠로 보이겠지만, 내 눈은 못 속인다. 거기다가 저 까만 바지와 구두는 위에 입은 셔츠 이상으로 복잡한 공정을 거쳤다.

'그런 인간이…… 차 통에 곰팡이를 재배하는 엘을 만나겠다고?'

그게 가능이나 한 일일까?

벌써부터 불길한 예감이 스멀스멀 올라온다. 그러나 내 일도 아닌데 구태여 훼방 놓을 생각은 없다. 그날 밤, 나를 씻기고 옷을 갈아입힌 이가 누구인지 궁금하기도 하고.

'무엇보다 가게에 엘이 있는 적이 거의 없고.'

그래, 뭐. 그 녀석이야 가게 일도 내팽개치고 주색잡기에 여념 없는 녀석 아닌가.

갔는데도 주인이 없다면 포기하겠지. 나는 거기까지 계산하고는 가게 문을 벌컥 열었다.

"안녕하세요!"

문을 열자마자 눈에 들어온 건 소파에 느긋하게 앉아서

담배를 빨고 있는 나무늘보 한 마리.

'어째서일까. 왜 이 남자는 이런 순간에만 멀쩡히 자리에 있는 걸까.'

가게 안은 헤르쉬 연기로 가득 찼다. 이 남자는 긴 담뱃대를 까딱까딱하며 책장을 넘기고 있었다. 딱 보니 굉장히 어려워 보이는 책이다. 그가 안경을 내리고는 나를 올려다보았다.

"어라, 안녕하세요. 카이 알테리온 양."

나는 아카넬 대공에게 '이제 됐죠?'라는 뜻을 담아 양손을 펼쳐 보였다. 그러나 아카넬 대공의 표정이 기묘했다. 증오, 적의, 경계? 아니면 연민……?

읽을 수가 없었다. 그는 엘을 향해 다가가더니 지팡이 끝으로 엘의 턱을 들어 올렸다. 아카넬이 입을 열었다.

"꼴이 말이 아니군."

"어라, 누구세요?"

놀라서 내가 되물었다.

"두 분, 서로 아는 사이였어요?"

내 말에 엘이 고개를 도리도리 저었다.

"처음 보는 사람입니다요."

"멍청한 자식."

처음이었다. 아카넬 대공이 상대에 대한 조소나 비아냥

외에 이런 방식으로 감정을 표출하는 건. 두 사람 사이에 마치 내가 모르는 벽이 있는 것 같았다. 나는 아카넬 대공에게 되물었다.

"아시는 분이세요?"

내 질문에 대공은 대답하지 않았다. 엘은 시선을 돌려 책 페이지를 넘긴다. 엘은 아카넬을 마치 처음부터 없는 존재처럼 취급하고 있었다. 아카넬이 입을 열었다.

"대체 내 인간 여자와 어떻게 알게 된 거지? 처음부터 계산한 건가."

엘은 소파 위를 팬더처럼 굴렀다.

"어머, 질투심 않은 옵빠야네?"

"네놈은… 항상……!"

대공의 목소리가 커지다가 결국 뒷말은 이어지지 않았다. 마치 절대로 해서는 안 되는 말이 그의 목을 조르는 것 같았다.

그때 엘이 웃음기를 거두고 말했다.

"모릅니다. 저는 낡고 작은 잡화상을 운영하고 있는 엘이니까요."

그가 웃지 않는 건 처음이었기에 나는 아무 말도 할 수 없었다.

아카넬은 어금니를 악물다가 결국 말을 꺼냈다.

"후, 네놈을 더 보고 있다가는 내 명에 못 살겠군."

그는 지팡이를 치운다. 나는 대공에게 다시 묻는다.

"두 분 아는 사이가 맞죠?"

대공의 걸음이 멈춘다. 그가 대답했다.

"모른다. 저런 추락한 존재 따위는."

"하지만 아까는……."

"나는 분명히 모르는 자라고 말했다. 카이 알테리온."

그는 문을 힘껏 닫았다.

쾅!

가게가 무너지는 줄 알았다. 엘은 멀어지는 아카넬 대공을 향해 조금의 눈길도 주지 않았다. 마치 그 자리에 없는 사람 같았다.

그는 헤르쉬를 피우며 책장을 넘겼다. 조용한 가게 안에 그의 페이지가 넘어가는 소리만이 울렸다.

이윽고 엘이 말했다.

"저런 남자는 결혼하면 꼭 의처증에 시달린답니다. 결혼 상대자는 무조건 까다롭게 고르세요. 가령 저같이 완벽한 남자 말이죠."

……누구와 결혼해도 너 같은 자식이랑 결혼하는 것보단 나을 거거든?

그 전에 아카넬이든 엘이든 누구와 결혼하든 내 인생은

파탄 나는 거겠지만.

6.

두 사람이 무슨 관련이 있는 건 확실했다. 서로가 서로를
알아보았고—어째서인지 모르는 척하기로 합의를 본 모양
이지만— 약간의 다툼이 있었을 정도니까.

'대체 무슨 사이인 거야?'

아무리 물어봐도 어떤 관계인지 엘은 마지막까지 대답해
주지 않았다.

엘은 늘 그랬다. 한번 말하지 않기로 결정하면 끝까지 입
을 열지 않았다.

'그때 본 지하수로의 풍경도, 오늘 있었던 일도……'

그 대신에 싸구려 농담으로 화제를 돌리곤 했다. 그게 얼
마나 능숙한지 정신 차려 보면 벌써 시간이 훌쩍 지나가고,
원래의 화재에서 100만 광년은 멀어지고 만다.

"그러니까 아가씨 말로는 그 돈으로 대장간과 집을 사겠
다는 거죠?"

"네. 이 정도 액수면 충분하지 않나요?"

"우와, 시골 아가씨 발상이네요. 이래서 촌내 나는 것들

과는 상종 못 하겠습니다. 말똥 냄새 나네요."

저 자식이 내 유일한 거래처만 아니었다면 진즉 죽여 버렸을 거다.

"그러면 됐고, 제 주먹이랑 대화하시겠어요? 엘 사장님."

나는 주먹을 불끈 쥐어 보여 주었다. 겉으로 봐서는 평범한 아가씨의 손이지만 파괴력을 수차례 겪어 본 터라 엘의 몸이 흠칫 떨린다. 그는 그제야 손을 뻗어서 수줍게 말했다.

"중개료."

나는 주먹으로 가볍게 엘의 명치를 후려쳤다. 어디까지나 가볍게다.

퍼억!

이런, 내 분노가 조금 담겨 있었나 보다. 내 한 방에 엘이 저만치 날아가서 바닥을 굴렀다.

"우왁! 여기 사람 친다!"

"내가 댁이랑 얽혀서 죽을 뻔한 게 벌써 두 번째야! 그중 한 번은 누명 써서 인간 장작 될 뻔했고. 중개료 같은 소리 하고 있네!"

이젠 됐어. 될 대로 되라지. 경비대가 오든 말든 상관없어. 벼룩의 간을 내먹으라고 해! 이 망할 자식아! 그는 내게 멱살이 탈탈 털리며 비명을 질렀다.

"하지만 쿠에엑! 이 돈으로는 못 산다고요! 여기 땅값이 얼마나 비싼 줄 아십니까?!"

"그걸 어떻게든 해 보라고!"

그 순간 그와 내 눈이 마주친다. 그는 미꾸라지처럼 내 멱살을 빠져나가더니 내 허리를 한 팔로 안았다. 흡사 춤을 청하는 제비의 자세다. 그가 내게 얼굴을 바짝 가까이 갖다 댄다. 원래부터 키가 보통 사람보다 한 뼘은 더 컸던 사람이다.

허리를 곧게 폈을 뿐인데 위압감이 생긴다. 그가 방긋 웃었다.

"키스해 주면 찾아 주지."

그 순간, 나는 진각을 밟았다. 태충, 양구, 중극혈을 타고 힘이 용솟음친다. 마침내 어깨를 타고 내 주먹이 바람을 가르며 포효했다.

빠아아악!

"쿠어어어어—!"

남자의 몸이 가게 유리창을 관통해 멀리 멀리 날아간다. 그리고 쓰러진 남자의 몸 위를 마침 지나가던 마차가 으적 으적 밟고 지나갔다.

"뽀…… 뽀뽀오오라도오오—!"

모른다. 저딴 머저리. 콱 죽어 버리라지.

7.

나한테 직격으로 맞고 달리는 마차에 잘근잘근 밟히기까지 했는데 부러진 곳 하나 없다. 예전부터 느꼈지만 몸이 튼튼한 건지 아니면 급소가 될 곳을 피해서 맞는 건지 구분이 안 간다.

엘은 내 성화에 못 이겨서 대장간을 알아보겠다고 약속했다. 당연한 말이지만 수수료 따위 떼지 않았다.

그로부터 며칠 후, 그가 내가 머물고 있던 달빛 모루 공방으로 찾아왔다.

"집 찾았습니다. 고양이 아가씨."

그는 너스레를 떨며 저택으로 들어왔다. 마침 대공은 공방까지 와서 티타임을 가지고 있던 중이었다. 두 사람의 눈이 마주쳤다.

대공은 그를 소 닭 보듯 하며 도로 시선을 돌렸다. 예전과는 전혀 다른 반응이다.

'서로 완전히 모르는 척하기로 한 건가?'

둘이 무슨 관계인지 궁금하지만 절대로 가르쳐 주질 않

는다. 나는 뺨을 긁적이며 몸을 일으켰다.

"어디 한번 볼까요?"

삼 일이면 꽤 빠른 시간이다. 대장간이라는 게 집터부터 다르게 만들어야 하는 시설이다. 사실 구석 어딘가에 땅 사놓고 내 손으로 벽돌부터 쌓을 각오도 해 놨다. 그러나 벌써 대장간 하나를 찾을 줄이야. 이건 상상도 못 했다.

내가 일어나자 대공도 찻잔을 내려놓았다.

"나도 가도록 하지."

"예?"

"내가 관리하는 인간 계집이 어디 사는지 정도는 알아야 하는 게 당연한 거 아니겠나."

'관리하는 인간 계집'이라니 누가 들으면 내가 저 사람 애완동물인 줄 알겠다. 나는 가기 전에 쿠키를 두 개 집어다가 입에 넣으려 했다. 그가 지팡이로 내 손등을 때린다.

"아얏!"

"차도 없이 다과만 집어 먹다니. 대체 어디서 배운 버릇인가?"

"남기면 아깝잖아요."

그가 다시 내 손등을 때린다. 나는 기어코 쿠키 두 개를 햄스터처럼 꾸역꾸역 입 안에 삼킨다. 뭐라고 하든 먹을 거다, 뭐.

그는 그런 내가 못마땅한지 눈썹을 찌푸리다 이번에는 지팡이로 내 등 움푹 들어간 곳을 톡 건드린다.

"앞장서라."

"네이, 네이!"

엘은 그런 우리 둘을 보더니 실실 웃었다. 이 남자는 언제나 웃는 낯이다. 어릴 때 아버지가 그랬다.

가장 위험한 악당이 바로 웃는 악당이라고.

문득 지하 수로, 수백 마리의 '그것'을 향해 바보처럼 웃던 그가 떠올랐다. 그는 날 보고 웃었고 '그것'들을 보고도 웃었다. 그리고 그것들을 도륙할 때조차도 웃었다.

생각해 보면 그 웃음에 차이점은 없었다.

그는 언제나 웃기만 했다.

8.

그가 향한 곳은 같은 남부 지구의 도시 외곽에 위치한 아담한 대장간 앞이었다. 조그마한 2층집 옆에 대장간이 붙어 있는 형태로, 처음부터 대장장이가 거처하는 것을 염두에 두고 설계된 듯한 집이었다. 오래된 집이지만 전체적으로 귀여운 느낌이 드는 아담한 집이다.

거기다가 뒤뜰에는 한적한 공터가 붙어 있어서 주변 시선에 아랑곳하지 않고 내킬 때 체력을 단련할 수 있을 것 같았다.

"좋은데요?"

"당연하죠. 제 능력을 얕보시면 안 된답니다."

도시는 집값도 비싸다고 해서 걱정했는데 생각 이상으로 괜찮은 곳이잖아? 낡은 부분이야 내가 직접 손보면 될 테니까 오히려 이득이다.

엘이 대장간 문을 열었다. 녹슨 경첩이 신음 소리를 냈다. 창문이 닫혀 있는지 어두웠다. 습하고 역한 악취가 밀려왔다. 마치 한여름에 돼지고기가 썩을 때 나는 냄새랑 비슷했다.

눈앞에 뭔가가 매달려 있었다. 그게 사람이라는 걸 깨닫기까지는 얼마 걸리지 않았다. 중년 아저씨가 혀를 빼물고 밧줄에 매달려 삐걱삐걱 흔들리고 있었다.

엘이 문을 탁 닫았다.

"뒤처리를 깜빡했네요. 하하하!"

뒤처리는 무슨 얼어 죽을 뒤처리야! 자살자 집을 나한테 분양하려고 했던 거냐, 네 이노오오옴! 아카넬 대공이 이럴 줄 알았다는 듯 팔짱을 꼈다.

"그 가격으로 내놓는 집이 뻔하지. 설마하니 시체 처분까지 맡길 줄은 몰랐다만."

"새 출발하는 이 중요한 때에 자살자 대장간을 맡으라는 겁니까? 거기다 나보고 시체까지 치우라고오오오?!"

엘이 내 어깨에 손을 두르며 팔랑거렸다.

"하지만 어쩔 수 없다고요. 진짜 그 가격에 이만한 집을 어떻게 얻습니까? 역시 사람 한둘 정도는 죽여 봐야……."

심지어, 네놈이 범인인 거냐!

"아니 그 전에, 그 말 농담이죠?!"

그가 대답했다.

"흐흐흐, 과연 어떨까요."

나는 놈의 불알을 향해 무릎을 뾰족하게 굽혔다.

"대가 끊기기 전에 실토하지 못할까."

내 살기에 그의 얼굴이 핼쑥해졌다.

"안 죽였어요. 안 죽였다고요! 그냥 이 집에 있는 사람들이 대대로 살해당하거나 자살하거나 뭔가 알 수 없는 기괴한 불치병에 걸려 줄초상 나기에, 집값이 어엄~청 싸진 거 말고는 없다고요."

……그 말은 즉, 네놈은 내가 살해당하거나 자살하거나 불치병에 걸려도 좋다는 뜻으로 봐야 한다는 거군.

"그 돈으로 여기 말고는 없어요. 다른 집은 그 돈의 두 배는 더 줘야 할 거예요. 으하악! 난 모른다니까?"

아… 현실이 내 발목을 잡는다. 나는 아카넬을 돌아보았다. 이 남자는 지팡이를 탁탁 튕기며 주변을 살펴보고 있었다. 아무래도 여기 말고는 집이 없다는 엘의 말은 진담인 모양이다.

거기다 대장간까지 생각하면 더욱더.

한숨이 나왔다. 나는 잡았던 멱살을 탁 놓았다. 엘이 바닥에 쓰러지더니 첫날밤 소박맞은 신부마냥 훌쩍였다.

"나는 그래도 좋은 데 찾으려고 흐끅… 했는데… 흐끅… 너무합니다……!"

가증스럽지만 어쩔 수 없다. 나는 마지못해 그의 등을 툭툭 쳤다.

"죄송해요."

"그 돈으로 집 구하기가 쉬운 줄 아십니까! 고작 두 번 죽일 뻔했다고 이렇게 사람을 막 대해도 되는 겁니까. 그중의 한 번은 카이 양이 알아서 휘말린 거잖아요."

윽, 정곡이다.

"그래도 한 번은 댁이 확실히 골로 보냈잖아요. 아무튼 진정해요."

"거기다가 히끅…… 고작 첫 키스 좀 한 거 가지고… 히끅."

그 말에 대공의 눈이 스산하게 빛났다.

대공은 양철 골렘처럼 기리릭 목만 움직여 고개를 옆으로 돌렸다.

"키스라 말했나?"

아, 아무래도 대공에게 설명의 시간이 필요할 것 같다. 나는 급한 대로 손수건을 꺼내 엘에게 건넸다. 엘은 내 손수건을 건네받는 척하다가 갑자기 내 손목을 잡아당겼다. 기습, 내 몸이 와락 앞으로 쏠린다. 엘의 입술과 내 입술이 부딪친다.

키스라고 하기에는 짧고 뽀뽀라고 하기에는 진한 시간이 이어진다. 그의 뜨거운 입술이 닿는 순간 나, 아카넬 대공, 엘, 셋의 시간이 멈춘다.

영원 같은 시간이 지나가고 그의 입술이 떨어진다.

"또 성공했지롱~"

나도 모르게 주먹이 날아갔다.

"흐끼야아아악!"

내 주먹에 엘이 앞뜰에 처박힌다. 나는 나도 모르게 앞에 엎어진 은색 방탕아를 발로 찼다.

"꺄악! 끼아아악! 흐끼아악! 히아아악!"

퍽, 퍽, 퍽, 퍼억, 빠악, 우득, 퍽, 퍽!

은색 방탕아는 내 발길질에 괴성을 지르며 두들겨 맞는다. 아카넬 대공이 다가온다. 그러고는 그 역시 이성을 잃고 지팡이로 은색 방탕아를 후려치기 시작했다.

퍽, 꾸득, 퍽, 으득, 빠악, 뿌드득!

뭔가 부러지는 소리가 울린다. 엘은 우리에게 두드려 맞으며 사과했다.

"미안! 죄송해요. 미안해요. 쿠어어억! 미안합니다. 쿠엑! 미안해요! 미안해요! 미안…… 쿠억!"

그러나 이성을 잃은 터라 들리지가 않았다.

"꺅! 끼약! 끼아아악!"

뚜쉬, 뚜쉬, 뚜쉬!

그렇게 한 방탕아의 비명 속에 나와 대공의 구타는 날이 저물 때까지 계속되었다.

9.

불길하기 그지없는 집이지만 결국 여기로 낙찰 봤다. 사실 여기 말고는 갈 곳이 없는 것도 사실이고, 줄줄이 사람이 줄초상 나는 집이라고는 했지만 뭐, 그런 거 내가 안 믿으면 되는 일이다. 미신은 어차피 미신 아닌가.

짐을 옮기고 집을 보수하는 데 달빛 모루 일족들도 가세했다. 처음에는 내가 아예 저택을 떠나려 하니까 자기들이 뭐 잘못한 거 있냐고, 있다면 고치겠다고 내 다리에 매달렸다. 그러나 사정 설명을 하니 그제야 이해했다. 그러나 적어도 집을 보수하는 건 돕게 해 달라는 말에 결국 허락했다.

"지붕은 무슨 색이 좋을까요, 아가씨?"

"파란색이 좋을 것 같아요."

하얀색 벽에 파란 지붕 집이라. 벌써부터 기대가 된다.

"대장간은요?"

"파란……."

생각해 보니까 아궁이에서 연기 나면 때 탈 게 분명하고, 그러면 내가 아무리 파란색으로 칠하고 빨간색으로 칠한들 종착지는 새까만 색이다. 란돌프는 생각에 잠기다가 입을 열었다.

"이번에 그을음이 안 묻는 염료가 마법 연구소에서 나왔는데 그걸 섞어서 해 보죠."

내 생각을 미리 읽고 있는 것 같다. 그러고 보면 성 알타미르 왕립 마법 연구소에서 하는 일이란 게 참 다양하다.

가끔 어디에 쓰나 싶을 정도로 엉뚱한 물건이 나오기도 하고, 이렇게 때가 잘 안 타는 염료 같은 유용한 것이 나오기도 한다.

불치병을 치료하는 약이 나오기도 하고 사람을 불치병에

걸리게 하는 약이나 무색무취의 독약이 나오기도 한다.

물론 후자의 경우 외부에 판매하는 일은 없고 왕실에서 관리한다고는 하지만, 지난번 지하 수로에서 겪은 일을 생각하면 꼭 그런 것만도 아닌 것 같다.

'그나저나 다들 고맙네. 이렇게 모두 와 줄 줄은 몰랐어.'

달빛 모루 일족은 일평생을 무언가를 만드는 데 몰두하는 일족이다. 하루라도 만들지 않으면 손에 쥐가 나는 종족들이다 보니 리모델링이 아니라 재건축이 되고 있다.

그래도 집에 이런저런 장식들이 많으면 관리하는 내가 힘들어지기에 최대한 간단하게 해 달라고 요청했다.

나는 벽걸이에 못을 박고 톱질을 하며 이것저것 지시했다. 나보다 집에 대해 더 잘 알고 있는 신수들이니 내가 지시할 필요가 없다만, 저거 분명히 내버려 뒀다가는 또 장인의 혼이 불타 버려서 천사상 변기라든가 벌거벗은 근육질 남자들이 지탱하고 있는 고전풍 식탁 같은 걸 만들어 낼 수도 있다. 뭔지 모르겠지만 굉장히 부담스럽고 청소할 때 뼈 빠지는 그런 물건들 말이지.

그렇게 이틀, 사흘이 지나니 집이 뚝딱 완성되었다. 가구는 달빛 모루 공방에 있는 가구들을 받았다. 그러나 산뜻하게 위에다가 도색을 새로 하느라 고생했다.

그렇게 나흘 째.

내가 봐도 썩 괜찮은 집과 대장간이 완성되었다.

특히 대장간의 경우 굴뚝 청소부를 부를 필요도 없이 깨
끗했는데, 집주인이 거의 대장간을 돌리지 않았던 모양이
다.

'이게 장사가 안 돼서 물건을 만들 필요도 없었다는 뜻
이기도 한데……'

등에 절로 식은땀이 흘러내린다. 그래도 나는 괜찮을 거
다, 나는 괜찮겠지. 그렇게 몇 번이나 되뇌었다.

시체는 정중하게 수습해서 매장했다. 혼자 사는 사람이
었고, 가족이란 분들은 빚 때문에 이미 야반도주를 끝낸 상
태란다. 양지바른 곳에 묻어 드렸으니 나중에 가족들이 찾
아오면 알려주면 되겠지.

이렇게 내 새 출발 준비는 다 끝났다. 대장간에는 공구들
과 철괴들이 반짝반짝 빛나고 있고, 내 방에는 보송보송한
이불이 날 기다리고 있었다. 수도관도 잘 정비해서 우물물
을 길지 않아도 물이 나온다.

나는 달빛 모루 일족들을 보내고는 목욕통에 물을 받았
다.

이사 선물로 엘에게 받은 마나 온수기 덕분에 뜨거운 물
이 언제나 콸콸 쏟아져 나온다. 마력만 충전하면 언제든지

뜨거운 물이 나온다니 꽤 신기하다.

'역시 난 촌놈인 건가.'

우리 영지에서는 얄짤없이 우물물 길어다가 장작을 때야
했는데…….

도시의 문명 수준이란 참 대단하다.

나는 뜨거운 물에 몸을 담그고는 마찬가지로 이사 선물
로 받은 거품 비누를 넣었다. 탕에다 넣는 물건인데 이것도
마법 연구소에서 발명한 거란다. 과연 물속에 넣자마자 장
미 꽃잎이 섞인 비누 거품이 올라온다.

'와아, 기분 좋아.'

그동안은 늘 누군가와 함께해 왔다. 혼자만의 시간을 가
질 일이 별로 없었다. 나는 콧노래를 부르며 목욕통을 톡톡
건드렸다. 지치고 긴장한 근육이 부드럽게 녹아내린다. 나
는 그대로 탕 속에서 잠이 들었다.

비누 거품이 부드럽게 미끄러진다. 무언가가 내 발목에
닿았다. 이상했다. 이곳에는 나밖에 없어야 할 텐데?

'설마 도둑?'

천천히 눈꺼풀을 여니 새빨간 머리카락이 보였다. 뿌옇
던 시야가 돌아온다. 그곳에는 아리네스가 있었다. 안경을
빼고 탕 건너편에서 날 마주 보고 있었다. 문제는 그녀도

벌거벗고 탕에 들어온 상태라는 거다.

너무 놀라서 나는 그만 탕 안에서 엉덩이가 미끄러졌다.

"쿨럭!"

간신히 모서리를 붙잡고 일어난다.

"왜, 왜 여기 계시는 겁니까?"

"왜긴~ 놀러 왔지."

창밖에는 이미 달이 중천이다.

"저기, 한밤중이잖아요."

"원래 밤마실이 즐거운 법이야."

그녀는 탕 밖으로 몸을 일으켰다. 거품에 젖은 적발 아래
로 늘씬한 몸매가 쭉 뻗어 있다. 가슴이 얼마나 큰지 움직
일 때다 출렁이는 물결이 보일 정도였다.

그녀는 펌프를 열어 대충 몸을 씻어 내고는 가볍게 물기
를 털어 냈다.

"집 좋은데?"

"아무리 그래도 노크는 하셔야 하지 않습니까. 거기다
문도 제대로 잠가 놨는걸요. 어떻게 들어온 거예요?"

"고양이 아가씨는 몸매도 괜찮네. 몸은 얇은데 허벅지가
근육질인 게 마음에 들어."

"대체 무슨 소리를 하시는 겁니까아!"

나는 시뻘개진 얼굴로 탕 속으로 도로 주저앉았다. 그녀

가 손짓했다.

"이리 와 봐. 머리 감겨 줄게."

새빨간 매니큐어가 달빛에 반사된다. 저 손을 잡았다가 다시 돌아올 수 있을 것 같지 않았다. 그러나 어쩌겠나. 나는 작게 한숨을 쉬고는 결국 마지못해 몸을 일으킨다. 그녀가 내 손목을 붙잡더니 팔 근육을 누른다.

"근육이 굉장히 탄력 있는걸? 하루도 안 빠지고 단련하나 봐?"

"여자 힘으로 대장간 일이 쉬운 게 아니잖아요."

"거기다가 우락부락 흉하게 근육이 나오지도 않았고, 적당해."

얼굴이 붉어진다. 나는 목욕 의자에 쪼그려 앉는다. 그녀는 내 머리카락에 물을 끼얹는다.

"유두가 핑크네."

"아, 진짜. 그만 놀리십시오!"

엘이나 아카넬 공작이라면 모를까 무예를 배우지 않은 일반인, 그것도 여자를 때릴 수도 없고 진짜 어떻게 해야 할지 모르겠다. 그녀가 딱딱한 샴푸 바에 물을 묻혀서 손에 쓱쓱 문지르더니 거품을 만들었다.

"귀여워서 그래. 너 친구 별로 없었지?"

그거야 당연했다. 나는 영지의 귀한 아가씨였고, 취미마

저도 괴이했다. 나랑 친하게 지낼 만한 친구가 있을 리가 없었다. 그나마 오빠가 늘 곁에 있었지만 그것만으로는 부족했다. 남자보다 여자, 그것도 같은 젊은 여자를 대하는 게 더 서툴 수밖에.

그녀의 손길이 내 두피 구석구석을 문지른다. 일류 미용사의 솜씨 같다. 그저 뜨거운 거품으로 두피만 문질렀을 뿐인데 피로가 완전히 다 사라지는 기분이다.

'왜 귀족 마나님들이 나이가 들수록 어린 제비보다 실력 좋은 미용사를 더 좋아하는지 알 것 같네.'

그녀는 물을 한 번 끼얹고는 처음 보는 이런저런 향유를 내 머리에 발랐다.

"좀 더 치장하고 다니렴. 아깝잖아."

"뭐가 아까운데요?"

"무기가."

무슨 말인지 잘 모르겠다. 나는 대답하지 않고 그냥 그녀의 손길을 즐겼다. 아리네스가 말했다.

"여자는 아름다울수록 좋아. 거기다 똑똑하고 독하면 더 좋지. 남자는 멍청하고 비밀을 모르니까. 네가 원하면 언제든지 어떤 남자든 무덤에 처넣을 수 있을 정도로 예뻐지는 게 좋아."

그건 그쪽 이야기고요.

그녀는 마지막으로 대야에서 물을 끼얹고는 내 긴 머리의 물기를 짜내서 수건으로 대충 탁탁 털었다.

"자, 끝!"

"고맙습니다."

나는 양모 수건을 받아서 몸의 물기를 대충 털고는 잠옷으로 갈아입었다. 그러자 그녀가 손가락을 흔들었다.

"어어, 지금 그거 입으면 안 되는데?"

"왜요?"

그녀는 대답 대신에 코르셋을 허리에 두르고는 망사 가터벨트 스타킹을 발끝부터 허벅지까지 쭉 연결했다.

"우리 연구소 의뢰가 있어. 오늘 밤까지 즉시 만들어 줘야 해."

"뭐죠?"

스타킹 끝, 가터벨트 후크가 딱 소리를 내며 맞물린다.

"예쁘고 독한 것."

마지막으로 그녀는 흰 가운을 어깨에 걸쳤다. 나는 즉시 작업복을 찾아 2층으로 올라갔다.

10.

이 밤중에 연구소의 의뢰. 거기다가 예쁘고 독한 것이라.

분명 평범한 검을 원하는 건 아닐 거라고 생각했다. 아직 마르지도 않은 머리카락을 대충 물기만 털어 내고는 하나 로 묶었다. 용광로 열기라면 3분도 되지 않아 바싹 마를 테 니까.

방 밖으로 나오니 거실이 환했다. 촛불을 사용한 것 같지 는 않았는데 이게 어찌 된 일일까 싶어 돌아보니 천장에 빛 나는 구슬이 붙어 있었다.

"마나 등이야. 집들이 선물."

그녀는 다리를 요염하게 꼬았다. 집들이 선물이라니.

대공 집에 있던 마나 등이 몹시 부럽긴 했다. 촛불과 비 교가 되지 않을 만큼 밝은 데다 집안 구석구석 훤히 비춰 주었으니까. 그러나 무척 고가의 물건이라 부러워만 했지 감히 엄두도 못 내고 있었다.

그녀가 말했다.

"대장간에도 달아 두었으니 작업하는 데 지장은 없을 거 야."

"뭘 만들면 되죠?"

그녀가 설계도를 내려놓았다. 동대륙 사람들이 자주 사 용하는 비녀였다. 서대륙에서도 사교계에 한때 유행이 불 었는데 유행이 끝난 지금도 애용하는 사람이 많다.

설계도에 있는 비녀는 가운데가 비어 있어서 그 안에 독액을 넣을 수 있도록 설계했다.

"위쪽 장신구 손잡이를 돌리면 바늘이 나올 수 있도록 해 두면 좋겠어."

"이거 잘못 만들면 시도 때도 없이 바늘 나올 텐데요. 머리카락 장력이 얼마나 강한데. 거기다 비녀는 머리를 고정시키는 물건이잖아요. 고정시키기 위해서는 머리카락 탄성 때문에 비녀가 뒤틀리는 건 어쩔 수 없을 거고, 이쪽 이음쇠를 돌아가게 만들면 차고 있다가 죽을걸요?"

내 대답에 그녀가 웃었다.

"그래서 너한테 맡기는 거야. 보통 대장장이들은 설계도 대로만 만들 줄 알지 이걸 어떻게 쓸지는 짐작도 못 하거든. 대륙에서 유일한 여성 대장장이. 그것도 강철의 소리를 듣는 너라면 가능하겠지."

거기까지 조사했나. 아무래도 이 언니 눈을 피하는 건 불가능해 보인다.

"이걸로…… 사람 죽일 거죠."

"너는 칼을 만들잖아. 식칼이 아니라 진짜 칼."

그래, 칼은 살인 도구다.

정의의 대장장이 같은 건 이 세상에 없다. 칼을 만드는 모든 자들은 살인에 가담하고 있는 셈이다. 그러나 이 세상에서 대장장이가 없어진다고 살인이 없어질까? 그녀가 말했다.

"검은 몸을 지키기 위한 도구라는 말은 하지 마. 어린아이도 아니잖아?"

나는 머리를 긁적였다.

"그래도 하룻밤 안에는 불가능해요. 용광로 불 올려놓는 데만 시간이 얼마나 걸리는데요. 거기다가 거푸집도 만들어야 하고……."

그때 내 대장간에 불이 환하게 켜져 있다는 사실을 깨달았다. 굴뚝에서는 이미 연기가 솟아나고 있었다. 그녀가 말했다.

"불 올리는 시간은 이미 절약해 놨어. 어차피 암기용으로 만드는 거야. 보통 칼날 만들 듯이 단조 작업은 필요 없어."

나는 뺨을 긁적였다. 역시나 무서운 언니다. 이 언니가 직접 불을 올렸을 리는 없고 사람을 시켜서 불을 올렸다는 건데, 대체 어디까지 계산해 놓은 걸까.

나는 한참이나 설계도를 내려다보았다.

"개조해도 되죠?"

"당연하지."

"재질도 좀 바꿀 거예요."

"돈은 연구소에 청구해. 그런데 뭐로 만들 생각인데?"

나는 고민하다가 입을 열었다.

"나무."

"뭐, 아까 못 들었어? 이건 암기야. 사람을 죽이는 도구라고?"

나는 장난꾸러기처럼 씨익 웃었다.

"제가 원하는 재료를 당장 가져오면 해 드리죠."

무지무지 구하기 힘든 재료만 부를 거다. 없으면 그 핑계로 안 하면 되는 거고.

'후후후. 어디 한번 죽어 보셔.'

11.

놀랍게도 내가 부른 모든 재료들을 듣고 그녀가 한 말은 단 하나였다.

"별거 아니네."

이야아. 과연 성 알타미르 왕립 마법 연구소시다. 내가 요구했던 건 첫 번째, 용의 산맥에서만 캐낼 수 있는 검은 산철 주괴, 그리고 두 번째는 북방정토에서만 자란다는 얼음고목나무 뿌리다.

둘 다 돈을 주고도 구할 수 없는 물건인데 말만 한다고 바로 꺼내올 줄이야. 나는 순순히 패배를 인정했다. 재료를 보니 내 장인으로서의 혼이 불타기도 하고 말이지.

대장간 문을 여니 새하얀 족제비가 서 있었다. 꼬리만 불에 탄 것처럼 이글거렸는데, 나는 그게 신수라는 걸 뒤늦게 깨달았다.

"대장간 불을 올려놓은 게 너니?"

흰 족제비는 나를 바라보더니 두 손을 모으고 공손히 절했다.

"청안이라고 합니다, 주인님."

말투가 굉장히 공손하다. 그녀가 내 어깨에 손을 두른다.

"청안은 우리 연구소에서 태어났어. 인조 신수인 셈이지."

인조 신수라니. 그건 금기다. 빛의 신이 정한 율법에 의거해 절대로 살아 있는 생물을 가지고 장난을 치면 안 된다는 구절이 있었다. 연구소에서는 신의 영역에까지 손을 대기 시작한 건가? 나는 당황해서 되물었다.

"이건…… 해서는 안 되는 일이잖아요."

"그래. 네 약혼자를 복제하는 것도 해서는 안 되는 일이지. 그리고 여자가 무기를 만드는 것 역시 해서는 안 되는 일이고."

안 된다. 그녀의 말은 지독하게 달콤하다. 귀를 막으려면 지금뿐이다. 그녀의 새빨간 입술이 웃는다. 그러고는 내 귓가에 나직하게 속삭였다.

"이건, 연구소가 아닌 내 개인적인 선물이야. 청안은 불꽃을 다루는 신수야. 네가 원하는 어떤 온도든 맞출 수 있어. 본체는 족제비고, 음…… 대장장이 일을 하면서 조수가 필요할 텐데?"

"받을 수 없어요."

"어째서?"

나는 아리네스와는 다르다. 말보다는 언제나 행동을 해왔다. 이렇게 내 의견을 논리에 맞게 표현하는 데 서툴다. 이게 잘못된 일이라는 건 알고 있지만, 가슴으로는 알고 있지만 머리로는 표현하기가 어려웠다. 그녀가 말했다.

"알았어. 받지 않는다면 할 수 없지. 그러면 이 아이는 연구소에서 본분을 다해야겠네?"

"뭘 하죠?"

"별거 아니야. 우리가 하던 일을 하는 것뿐이지. 피를 뽑거나 약을 먹이거나 실험을 하고 가끔은 해부도 하지. 넷다 하는 경우도 있고."

청안의 눈동자가 부풀어 올랐다. 그녀가 속삭이는 소리를 모두 들은 모양이다. 이래서 신수들을 상대하는 건 늘 어려웠다. 달빛 모루 사람들도 그랬다. 시력도 청력도 사람보다 좋았으니까.

나는 어금니를 악물었다.

"받을게요. 제 집에 살게 할게요. 대신에 조건이 있어요."

"뭐지?"

"이번 의뢰가 처음이자 마지막입니다. 두 번 다시 당신네들 의뢰는 받지 않겠어요."

그녀는 내 말에 약간 벙 찐 듯 나를 보고 있다가 결국 웃음을 터뜨렸다. 왜 웃는 걸까. 나는 그녀를 한참이나 바라본다. 이윽고 아리네스는 등을 문지방에 기대고는 나를 바라본다.

"미안, 농담이었어. 정말 미안해."

"뭐가 농담이었다는 거죠?"

"전부 다. 그렇게까지 네가 정색할 줄은 몰랐지."

얼굴이 확 붉어진다. 바보가 된 기분이다. 나는 청안을 가리켰다.

"이 아이가 인조 신수라는 것도?"

"그냥 번식한 신수를 납치하는 게 낫지, 뭐 하러 인조 신수를 만들겠어?"

"아카넬 대공을 복제한 건요."

"그건 변명할 도리가 없어. 신의 힘을 훔치고 싶었던 인간의 과욕이 벌인 일이니까. 그러나 나와는 관계없다는 것만 말해 둘게."

"신의 힘? 그 사람이 검을 천재적으로 쓰는 건 알고 있지만 신에 비견될 정도였나요?"

내 말에 뭐가 그리 재미있는지 아리네스가 웃는다.

"그 실험이라는 거 얼마나 오랫동안 한 거예요?"

"삼백 년?"

맥이 빠진다. 대체 이 여자의 말은 어디까지가 진짜이고 어디까지가 거짓인 걸까? 아리네스가 말했다.

"만약 청안이 진짜 실험체라고 해도 내가 왜 너한테 그런 걸 말해? 네 감정을 상하게 해 봤자 아무 메리트가 없잖아."

후우, 나는 팔짱을 끼고 한참이나 그렇게 서 있었다. 어쩌면 내가 동성 친구를 별로 사귀어 본 적이 없어 그런 걸 수도 있다. 아니면 내가 살던 곳과 여기 사람들이 사고관이 다른 걸 수도 있겠다. 모르겠다. 나는 혀를 찼다.

"관계가 없다면 대공을 복제하는 실험 같은 건 하지 않는다고 맹세할 수 있나요?"

"그래도 정혼자라고 챙기는 거야?"

"정혼자라서 그런 게 아닙니다. 오히려 전 그걸 깨려고 이러고 있다고요. 다만… 아는 사람의 얼굴을 한 무언가가 있다는 것만으로도 소름 끼친다고요. 전 그가 죽는 걸 봤어요. 제 두 눈으로. 물론 그게 진짜 그는 아니지만…….”

“……한없이 아카넬에 가까웠지.”

그녀는 나를 끌어안았다. 뿌리칠까 잠깐 망설인다. 그러나 그녀는 내가 망설이는 틈을 너무나도 잘 알고 있었다.

“음, 그래, 고양이 아가씨. 내가 하고 있는 일은 비밀도 많고 착한 일보다 나쁜 일이 더 많기도 해. 그래도 한 가지는 맹세할 수 있어.”

“뭐죠?”

그녀는 내 어깨를 붙잡고는 눈을 정면으로 마주친다. 그녀의 눈이 깊게 빛났다.

“나는 이 왕국을 변화시키기 위해 노력하고 있어. 물론 그걸 위한 수단이 한없이 악에 가까울 수도 있고 신께 용서받지 못할 일일 수도 있어. 그러나 그렇다고 해도 내 목적은 변하지 않아. 너도 그렇지 않아? 카이 알테리온, 강철에 홀린 아가씨.”

나는 청안과 아리네스를 번갈아 바라보았다. 그녀의 진심을 잘 모르겠다. 아니, 솔직히 수도로 와서 내가 진심을 확실하게 확인받은 존재라고는 달빛 모루 일족들뿐이다.

이곳 사람들은 비밀이 많았다. 변덕스럽고 말수도 많고,

습관적으로 웃음을 팔곤 했다. 마치 전쟁터에서 진통제를 팔 듯이.

"언젠가는 인간이 신의 힘을 훔치는 날이 올 거야. 하지만 그게 우리 세대는 아닐 거야. 나는 그 프로젝트를 폐기할 테니까. 애초에 아카넬 본인이 온 이상 더 이상의 진전은 위험하지."

그녀를 믿을 수 있을지는 잘 모르겠다. 그러나 확실한 건 그녀의 아군이 될지 적군이 될지는 지금 정해야 한다는 거다. 만약 그 말대로 단순한 농담에 그녀를 적으로 두게 되는 거라면…… 여러모로 생각해도 너무 위험한 장사다.

"알았어요. 그 말, 믿을게요."

"고마워."

그녀는 그제야 내 어깨에서 손을 내려놓았다.

"청안이라고 그랬죠?"

"네, 주인님."

"그런 호칭은 별로 마음에 들지 않네요."

"그러면 뭐라고 부를까요?"

"아가씨라고 불러 주세요. 달빛 모루 사람들은 그렇게 부르거든요."

청안은 내 말이 뭔가 이상했는지 한참을 바라보았다.

"주인님이라는 단어가 싫으시옵니까?"

"듣기 거북하네요. 그리고 청안에게는 청안의 삶이 있잖아요? 선물로 오셨다고는 해도 노예처럼 부려 먹고 싶지는 않네요."

내 말에 청안은 뭔가 감명을 받았는지 눈물까지 글썽였다.

"알겠사옵니다."

청안은 고개를 끄덕였다.

문득 아리네스를 바라보았다. 그녀는 인형처럼 웃고 있었다.

'혹시 날 시험했던 거라면?'

청안에 대해 거짓말을 한 이유가 내 도덕성을 시험하고, 내가 어디까지의 의뢰를 받아들일 수 있는지 떠 본 거라면 모든 퍼즐이 맞는다.

'단순히 넘겨짚은 거라면 다행이지만.'

확인하려면 방법은 하나뿐이다.

"혹시 절 시험해 본 겁니까?"

"우리 카이는 정직한 데다 눈치도 빨라~"

12.

나는 끌을 나무 가운데에 맞추고는 망치로 두드린다. 톡,
아주 가볍게 쳤을 뿐인데 나무가 정확하게 반으로 갈라진
다. 그걸 또 절반으로, 또 절반으로 잘라낸다.

장작 정도의 크기가 횃대 정도가 됐을 때, 본격적인 조각
을 시작했다. 청안이 물었다.

"아가씨, 뭘 하십니까?"

"비녀 만들어요."

"하지만 분명 금속이 필요하다 하지 않으셨습니까?"

"네. 쇳물은 계속 끓여 주세요. 검은 산철 주괴는 잘 융
해되지 않는 걸로 유명하니까요."

청안은 고개를 끄덕이고는 난로에 대고 숨을 내쉬었다.
청안의 숨결이 불이 되어 화로에 맺힌다. 풀무도 없이 이
정도 화염을 만들 수 있다니 꿈만 같은 일이다.

역시 신수들은 대단하다. 청안은 귀를 까딱까딱 흔들었
다. 본래 모습이 흰 족제비다 보니 족제비 특유의 버릇이
남아 있다.

나는 장갑을 바꿔 끼고는 얼음고목나무를 계속해서 조각
했다. 북방정토에만 자라는 이 나무는 한여름에도 차갑다.
특히 그 뿌리 부분은 단단한 데다가 탄성도 그만이라서, 원
래라면 활을 만들 때나 한번 도전해 볼 생각이었다.

'이런 호사스러운 재료를 내가 쓸 날이 오다니.'

문제는 나뭇결이 보통 나무와는 달리 제멋대로 나 있어서 조각할 때 참 까다롭다는 것. 특히 이건 책에서도 언급된 적 없던 부분이다.

　비녀의 손잡이와 끝을 만들어 낸다. 나는 고민을 하다가 비녀 위에 앉아 있는 두 마리의 새를 만들어 낸다. 새하얀 나무 재질과 잘 맞은 덕분에 비녀 위, 가슴을 부풀리는 흰 비둘기 두 마리가 모습을 드러냈다.

　"후!"

　"아가씨, 이거 너무 귀여워요!"

　겉으로는 귀여워도 이건 치명적인 암살 무기가 될 거라고? 때에 따라 누군가를 죽일 수도, 또는 누군가의 목숨을 구할 수도 있는 그런 녀석이 될 거야.

　세부 묘사는 나중에 하도록 하고, 다음 작업으로 넘어갔다. 태엽 부품이다. 보통은 태엽 재료로 나무를 선택하지는 않는 법이다. 마모가 쉽게 오는 데다 습기를 먹으면 부피가 늘어나고 너무 건조해지면 뒤틀림 현상도 오기 때문에 정밀한 기계 부품으로는 적합하지 않다. 그러나 이건 얼음고목나무의 뿌리다. 100년을 써도 변형이 거의 오지 않는 나무다. 거기다가 금속과는 달리 소리도 거의 나지 않아서 오히려 이런 암기 목적의 제작에는 유리하다.

　몇 개 더 깎아 내고는 미리 만들어 둔 거푸집을 가져온다. 그러고는 용광로를 기울여 부었다. 골을 타고 끓는 쇳물이 거푸집 안으로 흘러 들어간다. 열기가 내 속눈썹을 태운다.

인간의 눈으로 용광로를 오래 응시하면 안 된다. 알고 있다. 눈이 멀 수도 있다. 그러나 대장장이들은 어쩔 수 없이 들여다보고 만다. 거푸집이 넘치기 직전, 나는 쇳물을 기울여 뺀다.

'생각보다 쇳물이 많이 남았네.'

이럴 바에는 뭐 하나 더 만들어 두는 게 좋을 거다. 이렇게 식혀 봤자 버리기밖에 더할 테니까. 나는 창고에서 예전에 만들어 둔 거푸집을 들고 와서 조금 남은 쇳물까지 전부 집어넣었다.

"청안, 거푸집 안에 들어 있는 쇳물도 식힐 수 있어?"

"온도를 조종하는 제 능력을 사용하면 어떤 쇳물도 식힐 수 있습니다. 아, 물론 쇠에는 전혀 지장 없이요."

대부분의 철들은 급가열과 급냉각을 반복하며 강도와 연성을 높여 가지만, 검은 산철 주괴같이 오히려 그게 독이 되는 금속이 있다.

특히 검은 산철 주괴는 급속 냉각을 하면 표면이 갈라지는 현상이 있는데, 본인이 그렇게까지 장담하는 걸 보니 믿고 맡겨도 될 거 같다.

나는 청안에게 거푸집을 맡긴다.

청안은 그 뜨거운 거푸집을 아무렇지도 않게 다리 사이에 끼고는 끌어안았다. 그러자 청안의 손에서 차가운 냉기가 스며들기 시작했다.

청안 덕분에 작업 시간이 몇 배로 단축됐다.

나는 조각칼을 들고는 얼음 고목나무를 좀 더 조각했다.

이왕 남은 재료들, 전부 활용해 볼 생각이다.

얼마나 시간이 지난 걸까? 해가 성벽 너머로 넘어가는게 보였다. 오늘 새벽부터 시작했는데, 벌써 해가 지다니. 대충 계산해도 12시간이 넘게 꼬박 일을 한 셈이다.

원래부터 집중하면 주변이 보이지 않는 습관 때문에 밥도 못 먹었다. 손이 저리기까지 시작하자 청안이 나를 말린다.

"아가씨, 그러다가 쓰러지겠습니다! 저야 신수라 끄떡없지만 아가씨는 인간 아닙니까?"

맞는 말이다.

'이놈의 나쁜 습관!'

제작 초기나 중기쯤에는 죽어라고 세공하다가, 늘 마무리 작업 때 체력이 떨어져서 실수한다. 이게 다 자기 관리를 못 해서 생기는 사고다. 나는 그제야 손목을 탁탁 털고는 몸을 일으켰다.

손가락이 우드득 소리를 낸다. 그때 대장간 문지방에서
소리가 들렸다.

"이제 다 했나?"

뒤를 돌아보니 아카넬 대공이 서 있었다. 청안은 참, 말
이라도 하지. 대공이 내 마음이라도 읽었는지 말을 이었다.

"집중하는 것 같아서 일부러 부르지 말라 하였네."

"언제부터 계셨어요?"

"음… 와 보니 비둘기 부분 세부 묘사에 들어가 있더
군."

아, 그러면 최소 4시간 전이다.

"심심하지 않으셨어요?"

"만드는 거 구경하는 것도 재미가 각별하더군. 비녀인
가? 톱니 장치가 있는 걸 보니 뭔가 안에 장치를 할 모양이
더군."

"네."

아, 이런. 다리에 힘이 풀린다. 내 몸이 그대로 쓰러진
다. 아카넬이 팔을 들어 나를 안듯이 지탱한다.

"아, 고맙습니다."

남자의 단단한 팔이 내 허리를 붙잡았다. 다시 다리에 힘
을 주려고 했지만 힘이 들어가질 않는다. 대체 나는 얼마나

몸을 혹사한 걸까? 근육은 비명을 지르고 배에서는 빈 소리만 난다.

아카넬은 이마를 찌푸리고는 나를 공주님 안기……는커녕 무슨 짐짝 들 듯이 어깨에 척 걸쳤다. 나는 졸지에 인간 밀가루 포대가 되어 아카넬에게 물었다.

"뭐 하시는 겁니까?"

"온 김에 완성까지 보려고 그러지. 그리고 그러기 위해서 가장 빠른 걸 할 거고."

"그게 뭐죠?"

"먹이는 것 그리고 재우는 것."

이야아, 지당한 말씀이십니다. 그런데 누가 들으면 사람이 아니라 기르는 개한테 하는 소리인 줄 알겠습니다?

그는 나를 어깨에 맨 채로 성큼성큼 걸어갔다. 키가 크긴 크구나. 시야가 너무 높아져서 무서워질 정도다. 그런데 이렇게 자꾸 흔들어 대니까 어지러워진다.

"우욱……."

신물이 올라왔다. 참아야 한다. 참아야 해. 그러나 멀미와 현기증이 나를 덮친다.

"우웩……!"

나는 250가지 공정을 거친 대공의 초 명품 정장 위에다가 토하고 말았다. 워낙 먹은 것도 없어서 투명한 위액만

왈칵왈칵 토하고 만다. 으아…… 난 죽었다. 저 인간 제 옷 하난 금쪽처럼 챙기는 인간인데. 그가 말했다.

"미치겠군."

대공이 나를 턱 땅에 내려놓았다. 바닥에 뒤통수가 닿는다. 차갑다. 그가 내 다리 한쪽만 들더니 흡사 돼지 시체를 옮기듯이 질질 끌고 가기 시작했다.

인간으로서의 존엄? 처음부터 없었다. 최소한의 인권? 저 남자가 지 정장에 토한 놈에게 그런 걸 줄 것 같은가?

"으, 으아아악……!"

"닥쳐라. 정장값 물기 싫으면."

나는 눈물을 글썽이며 양손으로 내 입을 콱 틀어막았다. 그리고 그는 그대로 욕실이 있는 2층 계단까지 나를 그렇게 옮겼다. 계단에 머리가 턱턱 부딪치며 나는 생각했다.

'이야, 뒤끝…….'

아파, 아파, 계단 끝에 뒤통수가 찍혔어. 아, 머리 울려. 정장에 토 좀 했다고 약혼녀를 바닥에 끌고 가는 남자라니. 내 뒤통수와 계단이 대공의 걸음에 맞춰 서글픈 리듬을 만들었다.

두두두두―!

아, 불행해. 나는 왜 이리 불행한 거냐. 문득 그제야 가장 중요한 약속 하나가 떠올랐다.

"아, 그러고 보니 속옷…… 그때 속옷 누가 갈아입혔어
요?"

너무 늦은 약속이다. 워낙 일이 많아서 까맣게 잊고 있었
던 내 잘못이다. 내 질문에 그가 대답했다.

"지금 보여 주지."

그는 뜨거운 목욕물을 받고는 내 옷을 북 뜯었다.

'흐아져%#$이 인가ㄴ!! 미쳤##!!!!!!!!!!!!!!!!!!!!!!!!!'

Chapter 5
기적의 증거

1.

로맨틱? 그런 거 없다. 에로틱? 차라리 새우 껍질을 벗기는 게 이보다는 에로틱하리라. 그는 내 옷을 벗겨 그대로 탕 속에 던져 버리고는 내려갔다. 내가 남은 힘을 짜내서 소리 질렀다.

"아무리 정혼자라고 해도 이런 수치를 주는 건 너무하지 않습니까!"

"뭐 볼 게 있어야 수치를 주지."

그러고는 욕실 문을 탕 소리 나도록 닫는다. 아, 울고 싶다. 문제는 내가 어느 포인트를 붙잡고 울어야 할지 모르겠다는 거다.

'내 정혼자가 내 옷을 두 번이나 뜯어서 탕에 집어넣었다는 데 울어야 할까. 아니면 두 번이나 뜯었음에도 그 손길에 한 치의 에로스도 깃들지 않았다는 데 울어야 할까.'

물론 내가 아리네스라든가 수도에 있는 유수한 여성들에 비하면 몸에 근육도 많고 요철도 작다. 어쩔 수 없잖은가? 운동으로 다져진 몸이라는 게, 탄탄한 점에서는 자신 있어도 볼륨 있고 부드러운 몸이 만들어질 리는 없으니까.

"하아."

나는 탕에 그대로 드러누웠다. 화를 내고 저항할 힘조차도 전혀 남아 있지 않았다. 그저 몸이 무거웠다. 피곤했다. 거기다가 대공 놈이 내 다리를 붙잡고 그대로 계단을 올라간 덕분에 뒤통수가 아주 그냥 얼얼하다.

'그럼에도 간호가 되게 익숙해 보인단 말이지.'

나는 무가에서 자랐다. 당연한 말이지만 오빠나 아버지가 어디선가 다쳐 오는 일이 많았다. 그리고 나면 늘 어머니가 간병을 해 줬고, 때에 따라서는 여자란 이유로 나에게 간병을 맡기곤 했다. 당연한 말이지만 나는 간병을 하는 것보다는 일을 치는 걸 좋아했고, 내 간호를 받던 오빠가 염증이 폐까지 갈 뻔한 기염을 토하고 나서 어머니, 아니 좀 더 편한 호칭으로 엄마는 내게 간호시키는 걸 포기했다.

아카넬의 손길이 어쩐지 엄마와 닮았다.

뭐라고 딱 잘라 말하지는 못하겠다만 매정한 듯하면서도 결국 내 몸을 걱정해 주고, 목욕물까지 받아서 집어넣는 배려심이 어쩐지 엄마와 닮았다.

'물론 엄마도 화가 나면 늘 저렇게 옷을 북북 뜯어서 탕에 처넣었지만.'

그러나 그건 엄마와 딸 사이였고, 지금 그와 나는 정혼자와 신부 사이 아닌가. 우리 둘은 결혼하지도 않았고, 오히려 나는 그를 죽일 검을 만들기 위해 온 힘을 다하고 있는 상황.

문득 내가 만든 검이 그의 심장을 가르는 상상을 하고 말았다.

'아…….'

거기까지 생각하고 나니 가슴이 내려앉는다. 스트레스를 받으니 배가 아파 왔다. 생리통이 벌써부터 오기 시작하니 그 날이 머지않은 모양이다. 이런 날은 내 감정을 내가 컨트롤하기가 어렵다. 어쩔 수 없다는 건 알지만, 불편하다는 사실은 변함없었다.

나는 아랫배를 끌어안고는 그대로 탕 안에 깊이 웅크렸다. 나는 엄마를 닮아서인지 유달리 생리통이 심하다. 이대로 고통이 끝날 때까지 기다리는 수밖에 없었다.

여자의 몸은 불편하다.

"하아, 하아……."

시작하기 전에 어서 무기를 완성하지 않으면 안 된다.

"크으……."

알고 있다. 빌어먹을, 알고 있다. 여자는 달을 따라간다. 달을 따라 몸이 변하고, 마음도 변해 간다. 여자의 몸은 삶에 한없이 가깝지만 그렇게 죽음에도 가까웠다. 남성과는 달리 무기를 만들고 전투를 벌이는 데 적합하지 않다. 그러나 그게 내 자유를 제한할 이유가 될까.

'만약 수도에 여자 머리 장식에 익숙한 장인이 있었다면 나를 시키지 않았겠지. 같은 실력이면 분명 남자에게 일을 맡겼을 거야.'

알고 있다. 눈물이 후두둑 떨어진다.

나는 숫제 머리까지 물속에 집어넣고는 태아처럼 몸을 웅크린다. 내 금발이 물속에서 미역처럼 흔들렸다. 할 수만 있다면 이 고통을 뜯어 버리고 싶었다.

'아아, 엄마. 엄마…….'

2.

탕에 들어가 있는 것만으로 힘이 돌아온다. 나는 몸을 억지로 일으켜 비척비척 입구까지 걸어갔다. 아까 대공이 벗겨 놓았던 작업복이 문 앞에 있다. 그러나 내 손에 잡힌 건 작업복 대신에 실크 잠옷이었다.

그것도 내가 가지고 있지도 않은 처음 보는 잠옷.

우리 집에서는 꿈도 못 꿀 새하얀 실크 원피스 잠옷이다. 실크 위에 미색 자수를 해 놓은 데다 목에는 사파이어 단추가 있는 걸 보니 아마 몹시도 비싼 거겠지.

'이런 걸 입어도 되나?'

할 수만 있다면 재봉선을 다 뜯어다가 이 옷을 어떻게 제작했는지 연구하고 싶다. 그런데 그랬다가는 두 번 다시 옷이라고 할 수 없는 형체만 남겠지. 공작은 '비글'이라든가 '사나운 인간 계집'이라든가 하는 말로 또 내 속을 벅벅 긁어 놓을 거고.

어차피 다른 옷도 없다.

나는 속옷도 없이 잠옷을 걸쳤다. 그러고는 내 방으로 가서 속옷을 갈아입고는 그대로 내려왔다. 대공은 뭔가 두꺼운 책을 읽고 있었는데 식탁에는 치킨 스튜가 머그컵에 담겨 있었다.

"아, 이건……."

"처먹어라."

……말 참 곱게도 하십니다. 나는 머그컵을 양손으로 들었다. 내가 스푼을 쓸 힘도 없다는 걸 아는 걸까. 그렇다고 해도 머그컵 안에 스튜라니, 깐깐한 엄마라면 절대로 하지 않을 짓이다. 나는 컵을 기울여 한 입 마셨다. 담백한 우유 특유의 맛과 잘 익은 감자, 그리고 브로콜리 약간과 닭고기 육수가 내 혀를 적신다.

이거라면 위에 부담도 없으니 다시 토할 일도 없다.

"직접 만드신 거예요?"

"이번에도 몸으로 깨닫게 해 줄까?"

"……살려주세요."

내 말이 뭐가 그리 그를 흡족하게 했는지 그의 입가가 약간 풀어졌다. 좋았다. 이 남자는 웃는 모습이 가뭄에 콩 나는 것보다 더 보기 어려운 남자니까. 스튜를 전부 마시는 동안 우리 둘은 아무런 말도 하지 않았다.

그저 조용히 장작이 탁탁 타는 소리만 울릴 뿐이었다.

"두 개 만들고 있더군. 남은 하나는 뭐지?"

"반지 만들고 있었어요."

"반지?"

"네. 검은 산철은 독이나 저주를 차단하는 성질이 있으니까요. 저주를 막아 주는 부적 용도로 만들었어요."

"재미있군."

그는 흥미로운지 턱을 쓰다듬었다. 이윽고 그가 입을 열었다.

"그 반지는 내가 갖도록 하지."

"액? 여성용인데요?"

"그대 정도 되는 장인이 고작 반지 크기 늘이는 일로 엄살을 피우고 있군."

장인이라고 했다. 그것도 '그대 정도 되는 장인'이라니! 얼굴이 귀까지 붉어진다. 나는 내 붉어진 뺨을 가리기 위해 억지로 머그컵을 기울인다. 머그컵에서는 텅 빈 소리가 울렸다. 그래도 나는 꿀꺽꿀꺽 마시는 시늉을 했다.

우리 둘 사이에 다시 정적이 이어진다. 아카넬 대공이 책장을 넘기는 소리만 조용히 울렸다. 생각해 보면 엘도 아카넬도 지독한 활자 중독이다.

언제나 손에서 책이 떠나는 법이 없었다. 다만 엘은 추리 소설이나 시집을 즐겨 읽곤 했고 아카넬 대공은 요즘 유행하는 병법이나 정치 이념 같은 책을 좋아했다.

정반대인 사람의 공통된 분모라니.

그게 무엇을 뜻하는지 나는 잘 모르겠다.

컵으로 내 얼굴을 가리는 것도 한계다. 결국 나는 머그를 내려놓았다.

"반지를 선물하지만 특별한 의미가 있는 건 아닙니다."

못을 박아야 했다. 남자가 여성에게 반지를 선물하는 건 특별한 의미다만 여자가 남자에게 반지를 선물하는 건 뭐랄까, 이상한 느낌이었다. 아카넬 대공이 되물었다.

"선물이라고 표현하는군. 그래서 돈 안 받을 건가?"

"…물론 돈을 받을 거지만……."

"그럼 그게 무슨 문제지?"

나는 혀를 차고는 솔직하게 털어 놓았다.

"두 개 만들었거든요."

하나는 내가 하고 다닐 생각이었다. 알다시피 이 집은 대대로 줄초상에, 여기 오기 직전에는 집주인이 자살까지 했던 유서 깊은 급살터 아닌가. 미신은 안 믿는다고 해도 내 손으로 시체까지 치웠는데 찜찜한 건 어쩔 수가 없다.

"둘 다 사도록 하지."

"치수는?"

"둘 다 내가 끼도록 하지."

쌍가락지라도 하시게요? 욕심도 많지, 우리 대공 각하는. 나는 뺨을 긁적였다.

"예쁘진 않을 겁니다. 제가 쓸 용도로 만들던 거라서 엄청 투박할 거예요."

그 말에 대공은 짧게 대답했다.

"상관없다."

잔말 말고 만들라는 뜻이다. 나는 뺨을 긁적였다. 아무래도 만들어 주긴 해야 할 모양이다. 나는 머그컵을 그를 향해 쭉 밀었다.

스튜는 이미 다 먹었지만 머그컵 안에는 아직도 온기가 남아 있었다.

3.

정확히 4시간 자고 일어났다. 어쩔 수 없었다. 어제 그렇게 죽어라고 만들어 놓은 예쁜이들이 대장간에서 날 기다리고 있다는 생각을 하니 더 누워 있기 힘들었다.

침대 머리맡에는 피처럼 붉은 루비 두 개가 놓여 있었다. 루비 아래 메모에는 딱 두 글자가 쓰여 있었다.

박아

그래. 무슨 말하는지 아주 잘 알겠다. 우리 대공님께서는 이런 분이시지. 루비에 빛을 비추어 보니 빛이 수십 갈래로 빛났다. 투명도나 세공을 봐서는 최상급 루비다. 이런 최고급 보석은 특별한 힘을 지니고 있다는데, 반지에 박아 넣으면 제값 이상을 할 거다.

문 앞에는 갓 말려 보송보송한 작업복이 놓여 있었다. 시녀들을 시켜 세탁까지 끝낸 모양이다.

'그렇게 반지가 갖고 싶었어요, 대공 각하?'

간밤에 그가 날 질질 끌고 계단을 오르던 때가 아주 오래전 일 같다. 왜일까.

나는 머리를 하나로 묶고는 대장간으로 내려갔다. 이제는 정말 마무리밖에 남지 않았다.

완성된 비녀에 뜨거운 못을 박아 넣었다.

탕!

못이 비녀 속으로 파고들며 경쾌한 소리를 만들었다. 이제 이 비녀는 누구도 부술 수 없다. 또한 그 누구도 이것의 구조를 알 수가 없을 거다. 소유주 말고는.

나는 비녀에 달린 비둘기 장식을 돌렸다. 톱니가 맞물리는 느낌이 손끝으로 드드득 전해진다. 그러나 소리는 전혀 나지 않는다. 얼음나무로 만든 톱니는 비밀을 간직할 줄 아니까.

이윽고 완전히 한 바퀴를 돌리고 나니 안에서 바늘이 나왔다. 바늘은 금속. 그리고 안에 독액을 저장하는 부분도 금속이다.

'이 부분은 특히 신경을 많이 써야 했어.'

독액은 특성상 금속이든 나무든 부식시키는 성질이 있는데, 앞서 말했듯 검은 산철은 어떤 저주와 독이든 막아 내는 성질이 있다.

물에는 녹슬어도 독에는 결코 녹스는 법이 없는 철이다.

"자, 이제 네게 생명을 불어 넣어 줄까?"

나는 비녀 장식 아래 부분에 마력을 집중해 사인을 넣었다.

Kai

이걸로 작품은 완성되었다. 청안이 감동에 눈물까지 흘린다.

"아가씨, 역작을 만드셨사옵니다!"

역작은 무슨, 그냥 머리 장식일 뿐이지.

나는 벨벳 상자에 비녀를 넣어 포장하고는 이제 마지막으로 반지를 꺼냈다. 루비를 박은 두 개의 반지. 반지 양옆에는 검은 드래곤이 양각되어 있다. 원래 만들 때는 이렇게까지 호화스럽게 만들 생각이 없었는데, 점점 욕심이 생기더니 결국 처음부터 다시 녹이고 다시 만들었다.

실상 공은 이쪽이 더 많이 들어간 셈이다.

나는 이것 역시 벨벳 상자에 넣고 포장했다. 우리 공작 각하께서는 얼마에 해 주시려나?

벌써부터 궁금하다.

이른 새벽, 공기가 하얗게 번진다. 나는 대장간 의자에 비스듬히 앉아 다시 잠을 청했다.

눈을 떴을 때는 비녀는 이미 없었다. 도둑이라도 맞은 건가 깜짝 놀라 일어나는데 내 무릎 위로 돈주머니가 후두둑 떨어졌다.

"어?"

내 호주머니에는 편지 봉투가 들어 있었다.

　기대 이상인걸? 고마워.

　사랑을 담아.

　　　　　　　　　　　　　　　—아리네스

대체 이 여사님은 언제 왔다 간 거지? 내가 아무리 피곤했다손 쳐도 알테리온가의 여식이다. 사람의 기척 정도는 곧잘 읽어 낸다. 거기다가 앉아서 선잠을 자지 않았나.

발걸음 소리만 들렸어도 이미 깼을 거다. 그런데 소리 소 문도 없이 왔다 가?

대체, 어떻게?

주머니 안에는 예상 이상의 금화가 가득 담겨 있었다. 이렇게 많은 돈을 받아도 되나 모르겠다.

혹시 다른 메시지라도 있나 싶어 편지 봉투를 탁탁 털었다. 없다. 하나도 없다.

이야아, 무서운 여자. 지난번에 목욕할 때도 그렇고, 대체 어떻게 이렇게 인기척도 없이 왔다 가는 거지?

'마법 연구소 소장이 아니라 전직 암살자 이런 거 아니야?'

그래도 반지 함은 그대로인 걸 봐서는 공작은 오지 않은 모양이다. 나는 반지 함을 챙겼다.

"청안?"

"아, 네. 아가씨!"

발치에서는 청안이 자고 있었다. 청안이 아무리 신수라고 해도 삼 일 날밤을 샜는데 졸릴 만하다.

'빈 방이 있으니까 거기에 청안의 숙소를 마련하는 게 좋겠네.'

거기까지 생각하고 청안에게 되물었다.

"짐은 챙겨 왔어요?"

"당연하죠, 아가씨."

"아, 청안의 인간형 모습은 어떻게 돼요?"

청안이 그제야 깨달았는지 허공에서 한 바퀴 몸을 굴렀다. 그러자 새하얀 족제비 모습에서 어린아이 모습이 되었다. 소년인지 소녀인지 구분이 모호했는데, 동방식 소매가 긴 옷이 썩 잘 어울렸다.

"방은 따로 마련할 테니 거기서 쉬시면 돼요."

청안이 눈물을 또 글썽거렸다.

"성은이 망극합니다. 아가씨!"

대체 청안은 어디서 살다 온 걸까? 낯간지러워 죽겠다.

청안은 갑자기 엉엉 울며 큰절까지 하기 시작했다

"아가씨! 아가씨! 이 은혜는 백골이 진토되는 한이 있더라도 반드시 결초보은하도록 하겠습니다!"

그래. 일단 일으켜 세우자. 저 신수가 이성을 잃고 바닥을 전부 옷으로 걸레질하기 전에.

청안의 방을 꾸며 주고는 잠자리에 들었다. 대공은 내일까지 오지 않으면 직접 찾아가서 가져다 줄 생각이다. 이러니저러니 해도 정식 의뢰가 아니던가. 돈으로 바꾸려면 반드시 물건을 전달해야 한다.

아니다 다를까 아랫배가 또 쑤셔 오기 시작했다. 아무래도 조만간 월경이 시작되려는 모양이다. 이 시기가 되면 늘 우울해지곤 했다. 누군가가 내 아랫배 근처에 속삭이는 것 같았다. 이건 운명이고 하늘이 내리신 역할이라고. 어쩔 수 없다고.

내가 약해져 가는 걸 느낀다. 손발에 피가 통하지 않는지 벌써부터 차갑다. 억지로라도 잠을 청했다.

그날 나는 내가 녹아서 비가 되어 흘러내리는 꿈을 꾸었다.

4.

아침에 눈을 뜨니 역시나 그 날이었다. 그나마 자기 전에 미리 대비해 둔 게 다행이다.

'그래도 피가 좀 샜네.'

이불에 얼룩이 남아 있다. 아무래도 빨아야겠다. 이불을 끌고 밖으로 나오는데 청안이 먼저 일어나 기다리고 있었다.

"아, 아가씨! 제가 하겠사옵니다."

"청안이 왜 하는데요?"

내 질문을 예상하지 못했는지 몹시 당황한 눈치였다.

"전 그러기 위해 왔는걸요."

하인으로 취직한 건가? 하지만 제대로 월급 협상도 하지 않았는걸. 대장간 노동이란 게 다 큰 성인 남성도 어지간해서는 못 하는 일인데 그걸 공짜로 부려 먹는 것도 말이 안 되고. 나는 뺨을 긁적였다.

"월급은 많이 못 드릴 거예요."

"무슨, 그런 돈 필요 없사옵니다!"

"노예도 아니고 무보수로 일한다니요. 그거야말로 말이 안 되잖아요."

계산은 확실하게 하는 게 속이 편하다. 청안은 자기 손을 만지작거리더니 우물우물 말했다.

"연구소 밖으로 나온 것만으로도 아가씨는 제 은인이옵니다."

"연구소? 설마 그때 그 농담이 사실인 거예요? 인공 신수라는⋯⋯."

"아, 아니옵니다, 그건. 다만 사연이 있사옵니다."

청안은 망설이다가 내게 여기까지 오게 된 모든 사연을 털어놓았다. 청안은 사실 동방에서 온 신수인데, 피치 못할 사정으로 빚을 지게 되었고 사실상 노예로서 이 도시까지 팔려 왔다는 것. 그리고 연구소에서 청안을 실험용 노예로 구입했는데 다행히 아리네스의 눈에 띄어서 밖으로 나올 수 있게 되었다는 거다.

"그거 다행이네요."

알타미르는 천년왕 덕분에 평안하지만 그렇지 않은 곳도 많다.

황실은 갈수록 쇠퇴하고 있고 야망이 있는 자들은 스스로 왕을 자처하며 전쟁을 했다. 더 강한 무기, 더 강력한 마법을 개발하기 위해서 노예나 죄수들을 이용해 금지된 실험까지 하고 있는 실정.

청안이 손을 저었다.

"그런 제가 월급이라니 당치도 않습니다요!"

이래서야 돈을 무더기로 바쳐도 절대 안 받을 분위기다. 나는 뺨을 긁적였다.

"그래도 용돈 명목으로 조금이라도 드릴게요. 제 마음이 안 편해서 그래요."

내 말에 청안이 결국 웃음을 터뜨렸다.

"알겠사옵니다. 아가씨."

그때 대장간 쪽에서 종소리가 울렸다. 아무래도 공작이 온 모양이다. 나는 반지를 챙겨서 서둘러 내려갔다.

문 앞에 있었던 건 대공이 아니었다. 낯선 근육질의 남성들이었다. 그들은 들어오자마자 대장간에 있는 값나가 보이는 물건들을 보따리에 싸서 들고 가기 시작했다.

"이게 무슨 짓들이죠?"

그중 가장 인상이 험악해 보이는 남자가 말했다.

"여자냐? 돈 될 것 같은 미모인데 팔아먹어."

그의 명령이 떨어지기가 무섭게 근육질의 덩치들이 내게 달려온다. 칼을 들고 있지 않은 걸 봐서는 위협용이다.

'나를 다치게 할 생각까지는 없는 모양이네.'

그러나 그건 실수였다. 나는 내게 다가오는 놈의 팔을 붙잡고는 그대로 꺾어 버린다.

2미터에 육박하는 몸뚱이가 내 뒤로 원운동을 하며 자빠진다.

쿠웅!

놈이 엎어지는 소리가 대장간을 크게 울린다. 내가 보통 놈이 아니라 생각했는지 놈들이 그제야 슬금슬금 무기를 꺼낸다.

나는 다시 물었다.

"무슨 일이냐고 물었습니다!"

이번에는 칼을 들고 나를 향해 쭉 내리친다. 죽일 생각인가? 아니면 위협용? 검술이 너무 조잡해서 판단도 안 든다. 연속으로 가볍게 킥을 날려서 놈의 코를 깨준 후에 다시 손을 뻗는다.

알테리온 식(式) 유권.

놈의 몸이 아까의 녀석과 똑같이 원을 그리며 날아간다. 겉으로 봤을 때는 내가 거의 움직이지 않는 걸로 보일 거다. 그러나 유권은 상대의 힘을 이용해 날려 버리는 기술이다. 놈이 서툴면 서툴수록, 체중 차가 나면 날수록 더욱 위력을 발휘한다.

쿵!

그와 동시에 놈의 어깨에서 우두둑 뼈 빠지는 소리가 울렸다.

"으아아악!"

"빨리 치료하지 않으면 평생 밥숟가락 못 들 겁니다."

탈구된 덩치가 이성을 잃고 소리 지른다.

"저년, 저년 죽여어!"

그의 말이 끝나자 덩치들이 일제히 나를 향해 덤벼든다. 바라던 바다.

"그쪽이 먼저 공격했으니 정당방위인 거죠?"

나는 놈들의 팔을 꺾고, 몸뚱이를 날리고, 진공파권으로 내장을 진탕시킨다. 느려, 너무나도 느리다. 지난번 지하 수로에서 만났던 그놈들에 비하면 이건 어린아이 손목 비틀기!

꿍음을 내며 놈들이 쓰러진다. 나는 아예 기세를 꺾어 버릴 요량으로 두목으로 보이는 놈의 얼굴을 구둣발로 지그시 밟는다.

"한낮에 대장간까지 와서 횡포라니, 요즘 남자들도 갈 데까지 갔군요."

두목이 이를 으드득 갈았다.

"…이…녀언…… 대체 어디서 보낸 용병이냐?"

"여기 주인입니다."

놀란 표정이기에 나는 말을 덧붙였다.

"전대 주인은 목을 매고 자살했습니다. 지금은 제가 새로운 주인이에요."

"큭… 크흐흐…… 크하하하하!"

대체 왜 웃는 걸까? 나는 그를 내려다본다. 그는 뭐가 그리 즐거운지 한참이나 웃음을 터뜨린다. 이윽고 그가 말했다.

"네년 두고 보자. 내가 곧 돌아오마."

뭘 두고 보자는 걸까. 무슨 소린지 모르겠다만 짜증은 났다. 나는 놈의 얼굴을 잘근잘근 밟아 주었다.

5.

놈들을 쫓아 보내고 몇 시간 후, 놈들이 동료들을 데리고 우르르 몰려왔다. 오냐, 한판 벌여 보자는 거지? 나는 아예 전투용 건틀렛까지 끼고는 밖으로 나왔다. 그런데 놈들 뒤에 기사단원들까지 한꺼번에 오는 게 아닌가?

별거 없는 시정잡배 놈들이야 주먹으로 쫓으면 된다지만 공권력이 끼면 이야기가 달라진다. 나는 놈들을 향해 소리 질렀다.

"이게 무슨 짓입니까?"

가장 화려하게 입은 기사 놈이 앞으로 나와 내게 양피지 종이를 보여 주었다. 양피지에는 버젓이 이렇게 쓰여 있었다.

차용증

받아서 읽어 보니 이 집을 담보로 돈을 빌렸다는 계약서였다. 날짜를 보니, 망할. 이 집을 샀던 시기와 비슷하다.

"저는 분명히 정당하게 구입했습니다."

"계집, 말해 봐라. 누구를 통해서 구입했지?"

"엘이요."

내 말이 끝나기가 무섭게 모두 웃음을 터뜨렸다. 이게 대체 무슨 일이란 말인가. 나는 얼이 빠져서 냉큼 찬장으로 가서 계약서를 보여 주었다.

"여기 분명히 이 집의 소유권은 저라고 되어 있습니다."

기사가 내 권리증을 받더니만 읽지도 않고 문서를 좍좍 찢어 버리는 게 아닌가.

"이게 무슨 짓입니까!"

그가 턱짓을 하자 방금 전까지 나한테 두들겨 맞았던 그 초대형 덩치가 어기적거리며 걸어왔다.

"네년 이름이 그러면 카이 알테리온이냐?"

"맞습니다."

"네년도 끌고 가야겠다."

"뭐, 뭐?"

놈들이 온다. 이렇게 된 이상 응수하는 수밖에 없다. 나는 투기를 끌어 올려 자세를 취한다. 내 초식을 보자마자 덩치가 기겁했다.

"잘 봐라! 이 집을 담보로 누가 돈을 꿨는지! 그리고 보증인이 누군지!"

놈이 보여 준 차용증에는 엘이 이 집을 담보로 1억이 넘는 돈을 빌렸다는 것이 똑똑히 쓰여 있었다. 문제는 보증인 서명에 내 사인이 고스란히 박혀 있다는 것. 청안이 식겁해서 물었다.

"아가씨! 저런 계약서에 사인하신 겁니까?"

내가 기가 막혀서 되물었다.

"제가 미쳤다고 저기에 사인했겠어요?"

하지만 분명히 계약서에는 내 필적이 똑같이 새겨져 있다. 나는 기사에게 소리 질렀다.

"이건 사기입니다. 전 저런 계약서 모른다고요."

기사가 나를 향해 일갈했다.

"이녀언! 발뺌할 셈이냐!"

……먹었구나. 돈 먹었어.

저놈 어깨 위에 얹혀 있는 게 돌이 아니라 머리라면 최소한 맨정신에 저런 악덕 계약서에 빚보증을 해 줄 인간은 없다는 걸 알 거다. 거기다가 난 그런 돈 없다.

존귀하신 우리의 아카넬 대공께서 그렇게 개무시하는 가난한 시골 동네, 즉 알테리온 영지를 탈탈 털어도 그 돈 못 낸다.

"엘은 뭘 하려고 그런 큰돈을 빌린 겁니까?"

"도박."

……아, 미치겠다. 울고 싶어. 나는 마지막 지푸라기라도 잡는 심정으로 말했다.

"아카넬 대공을 불러 주십시오. 그 사람이 제 증인이 될 겁니다."

그 말에 기사가 대답했다.

"그분은 지금 부재중이시다. 영지에 생긴 급한 문제를 처리하러 자리를 뜨셨지."

이 인간은 꼭 필요할 때는 없어요.

6.

그날 이후 화류계에 새로운 별이 떴다. 1억 샤인의 빚을 갚기 위해 스스로 몸을 내던진 나는 오늘도 내일도 대륙 유수의 귀족들에게 몸을 파는 고급 창부가 되었다. 그리고 결국 이웃나라 뚱뚱이 돼지 왕족에게 팔려 가는 신세가 되었다. 나는 손수건을 뜯으며 이 왕국에 작별을 고했다.

'잘 있어요, 나의 대장간. 안녕, 나의 청춘.'

……은 개뿔. 그런 미래가 오게 놔둘까 보냐아아아!

나는 내 팔을 붙잡은 똘마니 놈 턱을 발끝으로 올려 찬다.

빠악!

놈이 강냉이를 뱉으며 엎어진다. 아무리 공권력이라고 해도 들을 수 있는 것과 절대로 들어서는 안 되는 것이 있다.

저대로 끌려갔다가는 잘돼 봐야 어느 돼지 귀족의 노리

개고, 안 풀렸을 경우는 상상도 하고 싶지 않다. 어느 쪽이
든 몸은 몸대로 버리고 마음은 마음대로 다치는 환상 특급
마차가 기다리고 있다.

나는 그대로 양손 손바닥을 모아 기사 놈의 귀를 후려쳐
서 고막을 터뜨렸다. 한순간의 쇼크로 놈의 움직임이 멎는
다. 그 틈에 곧바로 청안을 원래 모습인 족제비 모양으로
변신시켜 목도리처럼 어깨에 올리고는 냅다 지붕 위를 달
렸다.

"잡아라!"

"웃기지 마십시오. 그딴 사기 계약에 누가 끌려갈 줄 알
고!"

지붕 위로 올라오는 똘마니 하나를 붙잡아 본보기로 주
먹을 날렸다. 진각을 밟자 지붕이 움푹 파인다. 아, 이런.
바닥과는 달리 지붕은 내구가 약하다. 그러나 이왕 시작한
거 끝을 봐야 한다. 내 손에서 진동파쇄권이 폭발한다.

터엉!

일격이다. 겉으로는 아무런 상처도 없다. 놈이 당황한다.
그러더니 칠공에서 피를 토하며 바닥으로 떨어진다. 어지
간한 고수가 아니면 사용할 수 없는 기술이다. 이 정도 경
고면 저놈들도 포기하겠지.

"감히 우리 형님을!"

"저년을 잡아라! 족쳐라!"

……아, 무식한 놈들. 무슨 기술인지조차 못 알아본다. 워낙 배운 게 없는 놈들이다 보니 위협이니 협박이니 전혀 말이 통하지 않는다.

'이렇게 되면 그냥 따돌리는 수밖에.'

나는 백덤블링을 하며 다가오는 놈의 턱을 발로 날려 버리고는 몸의 탄력을 이용해 다음 지붕으로 넘어간다. 야생 표범을 뛰어넘는 내 움직임에 가장 덩치 큰 놈이 아랫놈들에게 소리를 지르며 길길이 날뛴다.

덕분에 누가 보스인지 구분이 편해졌다. 기왓장 하나를 뜯어서 보스로 보이는 놈을 향해 돌팔매질을 한다.

빠악!

놈의 이마가 깨진다. 우두머리가 당하자 놈들이 당황한다. 그 틈에 지붕을 밟으며 죽어라고 달렸다. 이렇게 된 이상 엘을 찾아다가 족치는 수밖에 없다.

그놈이랑 얽혀서 제대로 되는 일이 없다.

7.

야심한 밤. 엘은 짐 가방에 옷을 차곡차곡 개서 넣었다.

피크닉이라도 가는지 얼굴까지 붉히고는 두근두근한 손길로 도시락까지 집어넣고 있다. 마지막으로 가방을 덮고는 케리어를 드르륵 끌고 문을 나선다. 그는 아주 작은 목소리로 꿈결처럼 속삭였다.

"잘 있어요. 마이 하우스."

그 말이 끝나기가 무섭게 나는 유리창을 와장창 깨며 안으로 뛰어든다. 놈이 놀라서 비명을 지른다.

"끼아악! 귀신이다!"

유리 파편이 이마에 박혀 피가 뚝뚝 흐른다. 밤낮없이 뛰어다닌 덕분에 내 금발은 아주 그냥 땀에 젖어 산발 귀신 꼴이 되었다. 그게 다 누구 탓인데, 나는 놈의 멱살을 붙잡아 호통을 쳤다.

"네 이놈! 감히 날 두고 야반도주를 해에에에!?"

인정하자. 그때 나는 이성을 잃었다. 놈이 나를 보더니 수줍게 웃었다.

"이야아, 반가워요. 카이 양도 야밤에 소풍 가실래요?"

……다시 말하지만 그때 나는 이성을 놓고 있었다.

"이 개새끼가아아악! 니놈 불알을 터뜨려 강물에 뿌려버릴 테다앗!"

그 뒤로 몇 가지 욕설을 더 뇌까렸는데 전연령가 등급으로 순화하자면 엘의 머리를 몸에서 영구적으로 분리를 한

다는 말과 놈의 엉덩이를 까서 발정 난 숫말과 즐거운 시간
을 나누게 해주겠는 말… 음…… 그리고 개미를 이용해 죽
는 것보다 고통스럽게 해 주겠다는 이런저런 말을 했다.

나는 놈의 멱살을 붙잡아 탈탈 털고는 정말로 불알을 터
뜨리려는 시도도 했던 것 같다.

다시 말하지만… 그때 나는 매우매우매우…… 이성을
놓고 있었다.

아무튼 나는 내 인생을 나락으로 빠뜨린 이 혁신적인 개
새끼를 붙잡고 지옥의 응징을 시작했다. 아니, 시작하려 했
다.

놈은 제비처럼 내 손아귀에서 벗어나 내 뒤로 빠져나갔
다. 인간을 뛰어 넘는 반사 신경이다. 내가 뒤를 돌아보려
는 순간…….

빠악!

둔탁한 충격이 내 몸을 강타했다. 놈이 헉헉 숨을 가쁘게
내쉬었다. 청안이 점프해 놈의 손을 깨물었다. 놈이 비명을
지른다.

의식이 멀어져 간다.

놈이 들고 있던 담뱃대가 바닥에 떨어진다. 유리 조각과
달빛 사이로 은은하게 빛나는 고급 담뱃대. 자세히 보니 은
색 호랑이가 그려져 있었다.

그걸 마지막으로 나는 그렇게 정신을 완전히 잃었다.

8.

바람이 머리를 스친다. 뒷목이 끈적끈적하다. 뭐지, 뭐라도 엎지른 걸까? 말을 꺼내고 싶어도 목 밖으로 신음 소리밖에 나오지 않았다.

팔을 움직여보았지만 손가락 하나 까딱할 수 없었다. 결국 힘겹게 눈꺼풀을 뜨고 만다. 구름이 발 아래로 스쳐 지나갔다.

'이건 꿈?'

바람이 내 귀밑머리를 쓸었다. 축축한 공기는 어쩐지 달콤한 맛이 났다. 구름이 걷힌다. 세상이 이토록 작았던가. 산과 들 모두 손바닥 안에 담을 수 있을 것 같았다. 강이 달빛을 받아 반짝였다.

"어라, 이제 일어나셨나요?"

엘의 목소리가 들린다. 고개를 꺾고 싶었지만 이 자세로는 어렵다. 밧줄이 내 몸을 칭칭 감고 있었으니까. 그가 내게 다가왔다.

"여기서 떨어지면 죽습니다. 알죠? 난동 부리지 않겠다고 약속하면 풀어 드릴게요."

여긴 지상 몇천 미터 위 상공이다. 나는 거대 괴조(怪鳥)에 올라타 있고. 새의 몸체가 잘 보이지 않는데 깃털이 없는 걸 봐서는 와이번이나 드레이크 종류 같다.

아크 드래곤이 최상급 드래곤이라면 와이번이나 드레이크는 그 아래 급을 차지하고 있다. 드래곤에 비해 지능도 낮고 야생성도 강하지만 입에서 번개나 불을 뿜을 수 있고 하늘을 나는 것도 가능하다. 양식은 불가능하고, 알을 훔쳐야만 겨우 사람 말을 따르게 할 수 있다.

내가 고개를 끄덕이자 엘은 그제야 담뱃대로 밧줄을 뜯었다. 전부터 생각했지만 저 담뱃대의 정체가 참 수상하다. 내 뒤통수를 후려갈겨 기절시킨 건 둘째 치더라도, 날붙이도 아닌데 밧줄까지 뜯어? 그런 물건은 세상 천지에 들어본 적이 없다.

나를 옥죄던 것이 사라지자 나는 겨우 숨을 돌릴 수 있었다.

엘이 방긋 웃었다.

"헤헷, 놀랐어요?"

나는 가볍게 주먹을 날렸다.

빠악!

한 방에 엘의 몸이 익룡 밖으로 추락한다. 나는 손을 뻗어 엘의 옷자락을 틀어쥔다. 와이번은 꽤 빠른 속도로 날고 있고, 당연한 말이지만 얼굴에 받는 바람이 장난 아니다. 바람의 힘만으로 엘의 몸이 45도 정도 기울어진다.

이 아래는 상공 수천 미터. 나는 엘의 옷자락을 틀어쥐고 있다. 고작 종이 두께의 얇은 옷자락이다. 여기서 내가 손을 놓으면 그는 추락한다. 옷이 찢어져도 추락하는 거고.

그가 내 눈을 올려다본다. 어둠 속에서 그의 눈동자가 생기 있게 빛난다. 아아, 이건 무언가를 죽였을 때의 눈이다. 그의 눈은 피를 봐야만 빛나니까.

그는 이 상황에서도 웃었다.

"그래서 어쩔 겁니까. 우리 알테리온가의 아가씨는?"

그의 옷자락이 바람과 중력에 못 이겨 신음을 지른다. 내가 대답했다.

"나는 당신을 죽일 수도 있어요."

"알아요."

"당신은 고작 도박으로 나를 생지옥에 처넣으려 했고."

"그건 미안합니다. 그래서 해결할 생각이었어요."

나는 그의 눈을 똑바로 응시했다. 분노로 어금니가 딱딱 부딪친다.

"내겐 이 손을… 놓을…… 권리가 있습니다."

"……"

옷이, 그의 셔츠가 뜯어진다. 단추가 하나 나가더니 바느질이 부욱 밀려 뜯어지기 시작했다. 옷깃 사이로 그의 전사 같은 몸이 드러난다. 근육 하나하나 의미 없는 것이 없었다. 그의 몸은 전투로 꽉 차 있었다.

그는 나를 바라보았다. 이윽고 물이 올라올 것 같은 눈으로 웃었다. 그는 미소 지었다.

"그러면 그렇게 하세요, 카이 알테리온 양♪"

아아, 그는 이 상황에서조차 미소를 짓고 만다. 마치 스위치가 망가진 인형처럼 웃음을 터뜨린다. 어느 버튼을 눌러야 이 남자가 웃음을 멈출지 알 수가 없었다. 그러나 확실한 것은 그런 버튼이 있다면 아마 나는 몇백 번이고 눌렀을 거다. 버튼이 부서지는 그 순간까지.

그만큼 이 남자는 어딘가 망가져 있었다.

"말해. 계획이 뭐죠?"

"살려주면 말씀 드리죠."

남자의 옷이 다시 북 찢어진다. 단추 하나가 겨우 주인을 지탱하고 있었다. 그러나 정작 단추 주인은 사는 데에 별로 관심이 없어 보였다. 그를 보자니 어쩐지 내 손에 초조함이 맺혔다.

"계획을 말해."

그는 피식 웃었다.

"살려주면."

그 순간, 그의 단추가 완전히 뜯어져 나간다. 그의 몸이 허공으로 흩어진다. 나는 필사적으로 손을 뻗는다. 남자는 내 손을 붙잡았다. 그가 속삭였다.

"거 봐요."

"……."

"당신은 날 죽이지 못해."

이 손을 놓고 싶었다. 그가 천 길 낭떠러지 아래로 굴러 떨어지는 것을 보고 싶었다. 그러나 그 다음은? 내가 기대한 만큼 기뻐할까. 아니면 죄책감에 잠을 못 이루게 될까. 나도 모르겠다. 그러나 시도해 볼 가치는 있었다. 마지막 한 가지만 확인하고 나면 실행에 옮길 생각이다.

"그래서 어떻게 이 상황을 타개할 거죠? 이번에도 잘난 주둥이 함부로 놀리면 정말로 작별입니다, 잘난 엘 씨."

내 행간에 묻힌 진실을 읽은 걸까? 그제야 그가 순순히 뱉어냈다.

"제가 아는 미궁이 하나 있습니다. 이른바 던전이라고 하죠. 그곳에서 한탕하면 그 정도 돈은 충당할 수 있을 겁니다. 거기다가 희귀 금속도 나오니까 그쪽에겐 이득일 거고요."

"그거 목숨 걸어야 하는 일 맞죠?"

"네, 맞습니다."

"그걸 왜 내가 함께해야 하는 거죠?"

내 질문에 그가 당연한 걸 왜 묻느냐는 듯이 대답했다.

"원래는 혼자 할 생각이었답니다. 짐 덩이가 생기는 바람에 아주 죽을 맛이에요~"

"그 짐 덩이라는 게……."

그가 수줍게 웃었다.

"바. 로. 당. 신♪"

크와아악! 이 손을 놓아 버리고 저 새끼를 승천시켜 버리겠어어어어!

그가 말을 이었다.

"뭐, 중간에 왕자님이 나타나서 고생 좀 했지만요."

"왕자님?"

그는 대답 대신 턱짓했다. 문득 그의 등에 난 큼지막한 상처가 보였다. 꿰매지도 않고 간신히 지혈만 겨우 한 상처다. 나는 그제야 깨달았다. 저건 압도적으로 강한 자가 검으로 일격을 날렸을 때 나는 상처다.

나는 그제야 그를 익룡 위로 끌어올렸다. 그는 겨우 익룡 등에 발이 닿자 헉헉 식은땀을 흘렸다. 저 정도의 상처를 이끌고 여행이라니 체력적으로 버거웠으리라. 그럼에도 불구하고 내 앞에서 그렇게 호기를 부렸다? 한마디로 미친

짓이다.

"누가 날린 상처죠?"

그가 내 무릎에 얼굴을 기댄다.

"댁 정혼자요. 급하게 달려온 모양이더군요. 덕분에 우
리 아기씨 보쌈하느라 죽는 줄 알았답니다~"

······그냥 날 아카넬 옆에 놔두지 그랬어, 이 파렴치한
납치범아.

내 표정을 읽었는지 그가 대답했다.

"하지만 말이죠, 우리 대공 각하께서 그런 표정을 지으
며 날아오는데 오기가 생겨서 말이죠. 원래 남이 갖고 싶어
하는 건, 저도 갖고 싶은 법이랍니다."

그래서 납치하셨다? 날아온 거리를 대충 어림짐작해 봐
도 이미 돌아가기는 무리다.

나는 작게 한숨을 내쉬었다.

"무슨 표정을 지었는데요?"

그가 검지를 들어 내 입술을 눌렀다.

"비밀."

나는 그에게 두 번째 주먹을 날렸다. 놀랍게도 이 남자는
내 주먹을 가볍게 피한다. 그러고는 내게 성큼 다가온다.
입술이 닿을 만큼 가까운 거리에서 그의 은안이 내게 속삭
였다.

"그렇지만 그것만은 정말정말 말하고 싶지 않거든요."

"어째서죠?"

"⋯⋯."

그가 손을 뻗어 내 뺨을 만진다. 보통 사람보다 훨씬 차가운 체온이다. 마치 죽은 사람 같았다. 그의 입술이 내 입술에 다가온다. 닿기 전에 나는 세 번째 주먹을 날린다. 그가 손을 뻗어 내 손목을 틀어쥔다.

마침내 입술과 입술이 닿았다. 뜨거웠다. 그렇게 차가운 몸을 했으면서 입술만큼은 불에 댄 것처럼 아릿했다. 그가 입술을 뗐다. 그러고는 나를 바라보며 배시시 웃었다.

어차피 많은 여성을 희롱하던 놈이다. 저잣거리에서 아무렇지도 않게 술집 작부와 놀아나던 놈이었다. 알고 있었다. 알고는 있었다.

그가 내 귓가에 속삭였다.

"비밀을 말해 줄까요? 지금 당신이 짓고 있는 그 표정⋯⋯."

나는 지금 무슨 얼굴을 하고 있는 걸까.

알 수 없었다. 확실한 것은 내 심장 소리 때문에 그의 뒷말 같은 건 전혀 들리지 않았다는 거다.

9.

오빠가 그랬다. 이 세상에 남자는 딱 두 가지라고.

착한 남자거나 나쁜 남자거나.

착한 남자는 연애의 재미를 망치고 나쁜 남자는 인생을 망친다고 한다. 그런 의미에서 내 눈앞에 있는 이 사내는 내 인생을 몇 번이나 골로 보낼 뻔했다. 그럼에도 어째서일까, 나는 이 남자를 죽이지 못했다.

나는 입술을 쓸었다.

그는 내게 익룡을 조종하는 법을 가르쳐 줬다. 드레이크라고 불리는 익룡으로 영물 급에 속하는 종(種)이다. 번개를 쏘는 능력을 가지고 있는데 지능은 어린아이의 수준이라고 한다. 몸 전체가 새하얀 빛을 띠고 있는데 구름 위를 날아오르면 유백색 비늘이 별처럼 반짝이곤 했다.

"이름이 뭐예요?"

"뇨롱이요."

뭐? 이 거대 드레이크에게 뇨롱이라는 이름을 붙였다고? 나는 식은땀을 흘리며 고삐를 쥐었다.

"뇨… 뇨롱아?"

크롸롸롸!

뇨롱이는 괴성을 지르며 이 이름에 저항했다. 딱 봐도 마음에 들지 않는 모양이다. 엘이 뇨롱이의 등을 밟고 섰다. 그러고는 춤을 추듯 흥얼거렸다.

"귀엽잖아요. 뇨롱아. 뇨롱, 뇨롱~"

그 순간, 분노한 뇨롱이가 주인을 떨어뜨리기 위해 발광을 시작했다. 나는 뇨롱이의 목을 끌어안다시피 하며 버텼다고 해도 엘, 이 남자는 한 발로 서서 균형을 유지한다. 옛날부터 느끼는 거지만 이 남자의 정체를 모르겠다. 전에는 운동은커녕 숨쉬기도 귀찮아할 것처럼 굴더니 이럴 때는 나를 뛰어넘는 반사 속도와 균형 감각을 보여 주곤 했다.

뇨롱이도 이런 주인의 행태에 신물이 났는지 몇 번 더 몸을 털다가 결국 포기했다. 얼마나 더 날아갔을까? 엘이 땅을 보더니 손을 탁 쳤다.

"어? 와 있네요."

누가? 내가 뒤를 돌아도 보기 전에 그가 뇨롱이의 등판 밖으로 뛰쳐나갔다. 그의 긴 머리칼이 바람에 부풀어 오른다. 정말 이 높이에서 사람이 떨어져도 괜찮은 거냐?

이윽고 큰 소리가 대지를 울린다. 나는 뇨롱이의 고삐를 끌고는 대지를 향해 수직 낙하한다. 화이트 드레이크인 뇨롱이는 내 명령을 바로 깨닫고는 날개를 반으로 접어 공기의 저항을 줄인다. 드레이크의 유선형 주둥이가 바람을 가른다. 불릿 현상, 마치 총알처럼 더욱 빠르게 가속하기 시

작한다. 대지와 충돌하기 직전, 뇨롱이는 힘껏 피막을 펼친
다.

파앙!

어떤 연금술사들도 드레이크가 하늘을 나는 원리를 파악
하지 못했다고 한다. 몸체에 비해 날개는 크지만 전체 무게
에 비하면 턱없는 크기고, 당연한 말이지만 피막으로 양력
을 받는다손 쳐도 자유자재로 날아다니는 그 비행은 어떤
현상으로도 설명하기 어렵단다.

과연 그랬다. 뇨롱이는 낙하 직전 방향을 틀었을 뿐인데
너무나도 부드럽게 땅 위를 미끄러진다. 신기하다 못해 경
이로울 지경이다.

나는 뇨롱이에게서 내려와 엘을 향해 달려갔다.

"어떻게 된 거예요?"

엘의 발아래에는 크레이터가 푹 파여 있다. 이 높이에서
점프했는데 살아 있다는 게 용하다.

'아, 그러고 보니 그때 내가 그의 손을 놓았어도…….'

그는 살아 있었을 기다.

그렇게 실없는 진실을 깨달으며 나는 작게 혀를 찼다. 엘
이 말했다.

"다, 다리가 저릿저릿하네요."

그 높이에서 저리고 만다는 게 기적이라고 본다. 아무튼

나는 일으켜 줄 요량으로 그에게 손을 뻗었다.

"잡아요."

엘이 나를 보고 부드럽게 웃었다.

"친절하시네요."

그의 차가운 손이 내 손바닥 위를 감싼다. 힘을 주려는 순간, 그의 몸이 활처럼 꺾인다. 가슴 밖으로 새하얀 칼날이 돋아났다. 나는 그게 누가 뒤에서 칼로 찌른 거라는 것을 깨닫지도 못하고 멍하니 입만 벌리고 말았다.

이윽고 칼날이 그의 등에서 도로 나오며 피를 뿜었다.

엘은 신음을 두어 번 뱉더니 중얼거렸다.

"아, 역시나."

그의 몸이 맥없이 쓰러진다. 나는 엉겁결에 그를 끌어안아 지탱한다. 피가 내 옷에도 담뿍 묻어 내려갔다.

그의 뒤에서 나타난 건 아카넬 대공이었다. 그는 피 묻은 검을 한 차례 털고는 지팡이에 도로 집어넣는다.

"이걸로 빚은 갚았군."

엘의 피가 내 손바닥을 담뿍 적셨다. 흰 셔츠가 피를 먹는다. 다리에 힘이 풀린다. 그를 끌어안은 상태로 절규했다.

"이게 무슨 짓입니까?"

아카넬이 평소 짓는 그 무뚝뚝한 표정을 지었다.

"가벼운 인사."

"인사로 사람을 죽이다니요!"

"안 죽어."

"네?"

"그런 공격으로는 안 죽는 놈이다."

…그게 무슨 소리란 말인가. 지도 인간인 이상 가슴에 칼 꽂으면 죽는 게 당연하지. 거기다가 방금 그가 찌른 곳은 급소였다. 심장을 갈랐는지는 모르겠다만 적어도 척추와 허파는 갈랐다. 그건 확실했다.

아니나 다를까 엘이 기침을 쿨럭쿨럭 내뱉었다.

"반가워서 내려왔더니…… 야속한 사람 같으니라고."

엘을 끌어안은 손에 힘이 들어간다. 눈물까지 맺힌다. 아 카넬은 코트 주머니에 손을 넣고 뚜벅뚜벅 걸어오더니 엘 의 엉덩이를 냅다 차 버린다.

"켁?!"

그의 몸이 내 품을 벗어나 바닥을 구른다. 미동도 하지 않는다. 아카넬은 담배를 꺼내 입에 문다. 그가 손가락을 탁 튕기자 마찰열만으로 불꽃이 일었다. 그는 깊게 연기를 들이마신다. 그와 나, 그리고 죽은 엘의 시체 사이로 침묵 이 뽀얗게 피어났다.

이윽고 아카넬이 말했다.

"일어나. 다시 궁둥짝을 차 주기 전에."

내가 어이가 없어 말했다.

"저 사람…… 당신이 죽였잖아요."

"안 죽어."

그는 다시 그렇게 대답하고는 담배를 들이마신다.

"일어나. 놀아 주는 것도 귀찮으니까."

그 말을 끝으로 엘이 쿨럭쿨럭 기침을 뱉는다. 땅바닥에
한참이나 피를 뱉어내더니 비틀거리며 몸을 일으킨다.

"황야의 무법자도 아니고 다 큰 어른이 보자마자 칼빵입
니까. 무섭군요, 요즘 공작들은."

분명히 급소를 찔렸다. 그것도 칼날이 보일 정도로 깊이.
그럼에도 살아 있었다. 소름이 돋았다. 나는 엘에게 달려가
그를 부축했다. 심지어 대공에게 찔린 상처마저도 벌써 출
혈이 멈추고 아물어 가기 시작했다.

'그렇다면 처음 봤던 등의 그 상처는 얼마나 더 깊게 난
걸까.'

엘은 내 어깨에 팔을 기대고는 몸을 비스듬히 세웠다.

"아아, 아파요. 아파요. 너무합니다. 저라고 고통이 없어
지는 것도 아닌데 말이죠."

얼이 빠진다. 나는 아카넬 대공에게 물었다.

"이 사람 누구예요? 아니, 사람이긴 한 겁니까?"

"……."

아카넬 대공은 대답하지 않는다. 그는 깊게 담배를 들이 켜기만 할 뿐이었다. 어두운 평원에 그의 담뱃불만 서글프 게 깜빡였다.

"이번에도 비밀인 거예요? 제가 알면 안 되는 겁니까?"

엘은 이번에도 웃는다. 그는 언제나 자신에 대해 말하는 일이 없었다. 이윽고 정적을 찢으며 아카넬 대공이 힘겹게 말했다.

"아주 오래된 짐승의 메아리."

"그게 뭐죠?"

"……."

대공은 더 이상 말하지 않았다. 평원 너머로 바람이 불어 왔다. 바람은 나와 엘, 대공의 코트 자락을 쓸었다. 그리고 그 바람을 끝으로 깜빡이던 담뱃불마저 어둠 속으로 흩어 졌다.

이윽고 그의 발치에서 자그마한 신수가 기어왔다.

"아가씨!"

청안이 내 품에 달려들었다.

10.

모닥불에서 캐러멜 냄새가 났다. 이 지방이서 자라는 나무들은 달큼한 수액을 뱉는다. 이 지역 사람들은 설탕 대신 나무 수액을 쓴다고 할 정도로 달고 고소한 향이었다.

청안은 열을 일으켜 땔감을 말리고는 나와 함께 돌을 주워 모닥불을 만들었다. 엘은 어디선가 냄비에 물을 떠왔다. 엘이 말했다.

"제가 요리할까요?"

"누구 독살시킬 일 있나."

대공이 그리 말하고는 냄비를 뺏었다. 그는 뇨롱이가 매고 있는 배낭을 꺼내 육포와 건조된 야채, 치즈 가루를 꺼내더니 가볍게 스튜를 끓였다.

처음 봤을 때부터 느꼈지만 두 사람은 서로를 이미 알고 있다. 그러나 그게 친구나 가족 같은 좋은 관계는 아닌 모양이고, 그렇다고 원수라고 치부하기에는 무언가 끈끈한 게 남아 있어 보였다. 내가 물었다.

"어떻게 온 거죠?"

"순간 이동 게이트를 타고 왔지. 목적지는 이미 알고 있었으니까."

"그… 이번에 발견된 고대 유적 말하는 거죠? 과거 아크

리치가 남긴 미궁이라는…….”

내 질문에 그가 고개를 끄덕였다.

“도망가면서 어디로 갈지 죄다 다 불고 다니더군.”

하여간 입이 종이보다 가벼운 인간이다. 나는 엘에게 눈을 한 번 흘기고는 모닥불 앞에 앉았다. 불빛이 따뜻해서 이대로 잠들 것만 같았다. 아카넬은 프로 주부 10년차쯤 되는 연륜으로 스튜를 휘저었다.

“그래도 무사한 걸 보니 다행이군. 저놈에게 찍힌 여자들은 보통 그에게 반하거나 비명횡사당하는 게 보통이던데.”

“…역시나 나쁜 남자가 맞았네요.”

바로 앞에서 본인 험담을 하고 있는데도 엘은 개의치 않았다. 오히려 어디선가 음유시인들이나 켜는 만돌린을 꺼내서 현을 퉁겼다. 아카넬 대공이 물었다.

“사지 멀쩡한 걸 보니 비명횡사는 하지 않은 것 같고, 어떤가. 반한 것 같나?”

엘은 우리 대화에 끼이들지도 관조하지도 않았다. 그저 현을 켤 뿐이었다. 그의 긴 속눈썹을 보자 왠지 입술이 아려 왔다. 그에게 닿았던 곳이었기에 얼굴이 붉어졌다. 나는 애꿎은 나뭇가지로 바닥만 득득 긁었다.

“정혼자에게 하는 말치고는 부적절한 말이네요.”

만돌린은 낮은 음색으로 공기를 길게 울렸다.

내 말에 그가 대꾸했다.

"그대는 내 친우가 맡긴 여식이니 내게는 책임이 있어."

"책임? 고작 책임뿐입니까?"

둥.

소리가 끊긴다. 아카넬이 나를 바라본다.

"그게 무슨 뜻이지?"

이윽고 엘은 다시 현을 퉁기며 계속해서 음악을 연주해
나갔다. 어릴 적 내가 잃어버렸던 것들이 떠오르는, 그런
음악소리였다. 반짝이고 아름다웠지만 그럼에도 불구하고
한번 잃어버리면 두 번 다시는 가질 수 없는 그런 것이었
다.

음악과는 반대로 내 속이 천천히 구겨져 가는 걸 느낀다.

"고작 책임 때문에 절 맡으신 건지 궁금합니다. 그 책임
이라는 게 결혼을 걸만큼 중요한 건가요?"

아아, 대체 나는 무엇을 묻고 싶은 걸까. 모르겠다. 나는
대체 그에게 무슨 대답을 듣고 싶어서 되묻는 걸까. 스튜가
부글부글 끓어오른다. 청안이 초조한 몸짓으로 나와 그를
번갈아 본다.

"무슨 질문을 하고 싶은 건가, 카이 알테리온 양."

대답하면 안 된다. 내가 무엇을 묻고 싶은 건지. 절대로

말하면 안 된다.

그건 내가 가장 비참해지는 질문이었다. 나를 망가뜨리는 한 문장이었다. 그럼에도 불구하고 나는 상자를 열었다. 독이 든 사과에 손을 뻗는 어린 공주처럼 그 안에 독사가 들어 있음을 알면서도 결국 붙잡고 만다.

"당신에게 있어서 전 그저 '책임져야 할 사람'일 뿐이냐고요."

빌어먹을, 이건 분명히 월경 때문일 거다. 한 달에 꼭 이런 날이 있다. 뇌가 피라도 흘리는 것처럼 생각이 줄줄이 새는 그린 날. 오늘이 그런 날이라 그런 걸 거다. 절대로 그의 속내가 궁금해서 묻는 건 아닐 거다.

'대답하지 말았으면 좋겠어. 제발 대답하지 말았으면……'

그럼에도 또 다른 나는 그의 대답을 독촉하고 만다.

"말해 봐요."

엘은 현을 뜯었다. 아까와 똑같은 낮은 음색이지만 아까보다 더 느린 리듬이다. 스튜는 넘칠 것처럼 부풀어 오른다. 그가 입을 열었다.

"아주 오래전, 나는 내기를 했지. 상품은 카이 알테리온이었어."

그는 국자를 집어 들어 스튜를 저었다.

"그 아비라는 자가 말하더군. 자신이 내기에서 이기게 되면 자신의 딸과 혼인해 달라고. 그 대신 자신이 지게 된다면 목숨을… 바치겠다고 했네."

그는 그릇에 스튜를 덜었다. 걸쭉한 액체가 향긋한 향기를 만들었다.

"술김에 한 내기였지만 둘 다 진심이었네. 나도 조금은 궁금해졌지. 이 사내가 목숨을 걸 만큼 소중한 딸이 과연 누군가 하고 말이야. 이 세상의 모든 딸들은 모든 아버지들을 바보로 만들 수 있는 힘이 있지. 그러나 각별했어. 그 아버지는 이 세계가 멸망한다고 해도 자신의 딸만은 살아남길 바랐다. 그 어떤 재앙에도 끄떡없이 딸을 지켜 줄 그 신랑감을 위해 목숨을 던졌지."

그는 후추를 들고는 조금 과하다 싶을 정도로 뿌렸다.

"너는 내가 겪었던 어떤 작은 패배의 흔적이기도 하다. 카이 알테리온."

그러고는 스튜를 내 앞에 가져다 두었다.

"또한 내게 나타난 기적의 증거이기도 해."

"무슨 기적이죠?"

그는 스푼을 건넸다.

"어떤 남자도 아버지로 변할 수 있음을, 그리고 나 역시 때때로 내가 아닌 다른 무언가로 변할 수 있을 것임을 보여 주는 증거."

"……."

그는 사랑을 논하지 않았다. 그의 말 안에서 남녀의 사랑 같은 것은 하잘것없는 불놀이처럼 느껴졌다. 그렇다고 책임을 논한 것도 아니었다. 그의 마음을 조금은 알 것도 같았지만 그렇기에 더욱더 보이지 않는 벽이 느껴지기도 했다.

우리는 더 이상 말을 나누지 않았다. 그저 저녁을 때울 뿐이었다.

엘은 작게 노래를 불렀다. 내가 모르는, 이제는 없어진 언어였다.

그 노래는 내가 스튜를 다 먹고 텐트에서 잠이 들 때까지 계속되었다.

아버지가 보고 싶었다.

11.

이튿날 아침, 텐트가 아침 이슬로 축축해졌다. 그러나 나는 갈아입을 옷도 없다. 이 상태로 내내 덩치들에게 쫓기고, 유리창을 깨부수며 엘을 붙잡고, 그리고 그대로 여기까지 와서 야영하는 대장정을 거쳤다. 여벌옷을 준비할 틈 따위가 있을 리가 없다.

"받아라."

대공을 이 상황을 미리 예측하기라도 했는지 내게 새 옷을 건넸다. 기존에 입었던 경장과 거의 비슷하지만 좀 더 몸에 딱 달라붙어 활동성을 준 옷이었다.

굉장히 모양새가 괜찮아서 이런 일뿐만 아니라 평상시에 입고 다녀도 좋을 것 같았다.

'그런데 이거 꼭…… 맞네.'

내 목 둘레, 어깨너비, 가슴치수와 허리, 엉덩이까지 이어지는 부분이 완벽하게 들어맞았다. 이건 무슨 맞춤 옷 같다.

대체 아카넬 대공은 내 사이즈를 어떻게 아는 걸까. 섬뜩한 생각마저 든다.

'안 돼. 안 돼! 선물까지 받아 놓고 그런 생각을 하는 건…….'

그래, 분명 이건 우연일 거다. 우연인 게 틀림없다. 옷을 다 갈아입고 밖으로 나오니 입구에 새 부츠가 놓여 있다. 혹시나 하는 바람으로 부츠를 신었다.

'……딱 맞아. 발볼까지도.'

내 안색이 시퍼렇게 질리자 아카넬 대공이 물었다.

"무슨 문제라도?"

"아, 아닙니다."

이건… 그으래…… 지난번에 내가 아카넬 대공 저택에 신세를 졌을 때 시녀들을 통해 내 신발 크기를 알아낸 게 틀림없다. 생각해 보니 그때 신었던 슬리퍼도 내 발 크기에 딱 맞지 않았나. 그래, 그런 게 틀림없어.

나는 새 신발임에도 헌 신발보다도 착용감이 좋은 이 괴이한 부츠를 통통 튀겼다. 밑창도 푹신하고 반발력도 나쁘지 않다. 그때 발가락에 뭔가가 밟혔다. 뭔가 안에 들어 있나?

신발을 벗고 탁탁 터니 말려 있는 뭔가가 도르르 흘러나왔다. 엘이 내 어깨를 톡 쳤다.

"아, 그건 제 선물."

천으로 만들어서 겹겹이 덧댄 '그것'이다. 이것을 통칭하는 관용어구도 굉장히 많고 우리 지방에서는 은어로 부르기도 한다만 표준 공용어로 표현하자면 딱 세 글자다.

생리대.

'대체 니놈이 그걸 어떻게 안 거냐!'

내 장담컨대 내 월경 날은 어머니도 모른다. 그만큼 완벽하게 은폐해 왔다고 할 수 있었다. 그걸 대체 뭔 수로?!

대공과 차원이 다른 섬뜩함을 느낀다. 등에서 식은땀마저 흘러내린다. 나는 떨리는 손을 간신히 추슬러 텐트 안으로 돌아갔다.

아아, 창조신이시여.

12.

아침 준비를 끝낸 후 우리는 고대 유적이라는 아크리치의 미궁 앞에 섰다. 리치란 악마에게 영혼을 팔아 죽음의 굴레에서 벗어난 마법사를 말한다.

당연한 말이지만 악마에게 영혼을 팔았는데 좋은 꼴 볼 리가 없다. 살과 근육은 썩어 문드러지고 내장은 녹아내린다. 결국 새하얀 뼈만 남게 되는데, 살아 있는 뼈 마법사라고 보면 된다.

그럼에도 힘은 엄청나게 강해진 데다가 어지간한 공격을 받아도 영혼을 담은 구슬인 '라이프 베슬'만 깨지지 않으면 몇 번이고 몸을 재생시킨다.

내가 가는 곳은 과거 이 세상에 크나큰 재앙을 만들었다는 어느 리치의 연구소다. 이 사악한 리치는 끝내 어느 용사님의 손에 사망했는데, 그의 연구소만 발견되지 않은 채로 몇백 년이 흘렀다가 어느 지나가던 상인이 입구를 발견했다고 한다.

"그러면 사실상 우리가 처음 들어가는 건 아니네요?"

내 질문에 엘이 대답했다.

"당연하죠. 이미 모험가들이 숱하게 도전한 미궁이에요."

그가 땅에 대고 담뱃대를 툭툭 두드리자 땅이 갈라지며 지하 계단을 만들었다. 안은 칠흑처럼 어두웠다. 이곳을 들어가야 하나?

족제비로 변한 청안이 내 가방 속에서 발톱을 긁는다. 불안해지면 나오는 버릇이다. 나 역시 불안감을 담아 되물었다.

"다른 사람이 간 곳이면 어차피 우리가 또 갈 필요는 없지 않나요? 진귀한 물건은 이미 다 쓸어 갔을 거잖아요."

엘이 상큼하게 웃었다.

"괜찮습니다. 아무도 살아 돌아오지 않았거든요. 흐흐흐흐."

…역시나 그런 거였냐. 지하로 내려가려던 발걸음이 한없이 무거워진다. 아무리 그래도 목숨까지 걸어야 하나? 엘이 내 등을 떠밀었다.

"돈 앞에서는 장사 없지요. 아니면 저기 저 정혼자님께 구원을 요청하든가?"

나는 아카넬을 돌아보았다. 이 남자는 분명 나를 구해 주기야 할 거다. 그러나 그건 내 자유를 팔아서 만드는 구원이다. 오빠가 말했다.

'이 세상에 공짜 점심은 없다고.'

그 말에는 나도 동의한다.

숨을 크게 들이마시고는 안으로 한 걸음씩 내디뎠다. 내 발소리가 계단을 울린다. 뒤이어 아카넬과 엘이 따라온다. 우리가 모두 안으로 들어오자 미궁 문이 저절로 닫힌다.

어둠 속에서 엘이 속삭였다.

"후후후, 이런 음침한 곳에서 남자 둘에 여자 하나라니, 사고치기 딱 좋지 않습니까요?"

틀렸다. 가방 안에는 수컷인지 암컷인지 모를 청안이 들어 있다. 그러니 남자 둘에 여자 둘이거나 남자 셋에 여자 하나겠지. 아무튼 나는 벌써부터 치근거리는 천하의 몹쓸 방탕아를 향해 주저 없이 주먹을 뻗었다.

뻐억!

"이게 무슨 짓이지? 카이 알테리온 영애."

아, 이런. 내가 때린 게 아카넬 대공이었나?

〈다음 권에 계속〉